KB196743

마음속
초고를
꺼내드립니다

그리하여 우리는 조류를 거스르는 배처럼
끊임없이 과거로 떠밀려 가면서도
앞으로 앞으로 계속 나아가는 것이다.

- 프랜시스 스콧 피츠제럴드, 《위대한 개츠비》 중에서

누구나 마음속엔 초고가 있다

나딘 고디머(1923~2014, 1991년 노벨문학상 수상자)의 단편소설 〈발견〉은 '지독히도 운이 없는 한 남자가…'로 시작한다.

그 남자는 두 번 이혼했다. 그래서 지독히도 운이 없다고 생각하고, 이제부터는 혼자 살겠다며 여행을 떠난다. 그렇게 떠난 바닷가에서 값비싼 보석 반지를 우연히 줍는다. 그는 보석 반지를 과연 어떻게 했을까?

신문에 반지 주인을 찾는다는 광고를 낸다. 그 후 반지가 자신의 것이라 주장하는 여자들과 만난다. 그렇지만 유리 구두를 신어 보았던 대부분의 여자들이 발에 맞지 않아 주인이 될 수 없었던 것처럼 반지에 대해 제대로 묘사하지 못한다.

남자가 지쳐갈 때쯤 보석 반지를 정확히 설명하는 여자를 만난다. 그리고 반지는 여자의 손가락에 딱 들어맞는다. 남자는 그 여자와 결혼해서 여생을 보낸다.

처음 읽었을 때는 왕자가 공주를 만나 행복하게 살았다는 옛이야기를 현대 시점으로 옮겨놓은 흔한 서사의 소설이라고 생각했다. 그러나 나는 이 소설의 내용을 〈발견〉이라는 제목과 연결해 보며 '유레카'를 외쳤다.

우리는 '사랑'이란 상대방에게 무언가를 주는 것, 심지어 자신이 가장 아끼는 걸 줘야 한다고 생각한다. 그중에서 반지는 남자 또는 여자에게 주는 대표적 '선물'이다.

그런데 소설 속 남자는 여자의 소유물이었던 반지를 발견하고 그것을 원래 주인에게 되돌려준 것뿐이다.

이 소설을 다시 읽으며 나는 비로소 깨달았다. 사랑은 상대방이 원래 갖고 있었지만 잃어버린 소중한 것을 되돌려주는 것이라고.

나또한 그동안 글쓰기를 가르치면서 내 것을 주는 것이 아니라, 이 소설 속 남자 주인공처럼 사람들의 마음속 초고를 '발견'해서 돌려주려 노력해오고 있었다.

글쓰기는 '꺼내기' 다

냉장고에는 항상 식자재가 들어 있다. 이처럼 우리 마음속 냉장고에도 늘 초고가 숨어 있다.

다만 그걸 끄집어내 요리하지 않았을 뿐이다. 이제부터 당신은 초고가 숨어 있는 마음속을 낱낱이 헤집어 봐야 한다.

마음속 냉동실에 꽁꽁 얼어 있는 내 이야기를 발견하면 꺼내어 해동시킨 뒤 요리를 하자.

"내 얘기를 책으로 쓰면 수십 권은 쓸 수 있어."라고 말하던 수많은 사람이 이제 이를 실천하고 있다. 과거에는 선택받은 소수만이 책을 낼 수 있었다면, 이제는 마음만 먹으면 누구나 책을 낼 수 있는 시대가 되었다.

'소리 없는 아우성'은 더 이상 유치환의 〈깃발〉만이 아니다.

당신 마음속 초고를 꺼내 달라는 소리 없는 아우성을 글로 옮겨 적는다면 깃발처럼 펄럭이며 독자들의 시선을 사로잡을 것이다.

상상해 보라. 당신의 마음속 초고는 오래전부터 누군가가 기다리던 그 이야기일 수도 있다는 것을.

2024년 어느 가을날 임리나

차례

누구나 마음속엔 초고가 있다

1장_ 마음속 초고의 외침이 들릴 때

2장_ 제목부터 써볼까요

3장_ 첫 문장부터 마지막 문장까지

1장_
마음속 초고의 외침이 들릴 때

'글쓰기'로 숨어든 당신을 환영합니다

세상의 현실적인 일들이 절대 유쾌하지 않다는 것을
알아버린 예술가는
현실적인 활동(Activity) 세계에서 빠져나와
상상의 세계 속에 스스로 숨어버린다고
사람들은 말한다.
- 마크 로스코, 《예술가의 리얼리티》중에서

나에게 글쓰기는 '회피'다.

나의 생활신조는 심플하다. "피할 수 있는 것은 피하고, 피할 수 없는 것은 대응하자."

하지만 인생이 내 뜻대로 되지 않는다는 걸 스스로 증명하며 살고 있다.

이혼은 하지 않으려 노력했지만 이혼했고, 재혼만큼은 안 하리라 마음먹었지만 재혼했고, 육아는 피하리라 했지만 입양했고, 아파도 암은 걸리지 않겠지 생각했는데 암에도 걸렸다.(물론 지금은 회복하는 과정이고, 스스로 말하지 않으면 환자같이 보이지 않는 듯하다.)

작년에는 집안일을 좀 쉽게 하자는 취지로 온갖 가전제품과 가사 서비스를 체험했다. 그러나 집안일이란 백 퍼센트 피할 수 없다는 사실만 깨달았을 뿐이다.

글쓰기 강의를 하는 동안 글 쓰는 이유를 명확하게 얘기하는 분들을 만나면 부러웠다.

강의하는 나는 왜 글을 쓰는지에 대한 답을 여전히 찾지 못하고 있다. 단순히 어렸을 때부터 글을 썼으니 어른이 되어서도 계속해서 쓰고 있는 거라고만 생각했다.

'나를 찾아가는 여정'이라는 개인적 고찰의 이유도, '독자에게 알려주고 싶은 게 있어서'라는 타인을 위한 이타심의 실현도 나 자신이 납득할 만한 이유는 아니었다.

이쯤 되면 작가로 태어났다는 '소명'을 거들먹거려 볼까도 생각했다. 그러나 나는 글쓰기보다 돈을 더 잘 버는 일이 있다면 지금 당장 그 일을 하고 싶을 만큼 소명 의식도 없다.

일례로, 나는 포털과 게임 등의 회사에서 웹 기획자로 십 년 가까이 일했다. 글과 아주 관련이 없는 일은 아니지만 '작가'와는 거리가 먼 일이었고, 그 당시에도 언젠가 글을 쓰겠다는 다짐조차 없었다.

그런데 시간은 언제나 나를 '글쓰기'로 데려다 놓았다.

초등학교 때부터 고등학교까지 글쓰기 대회에서 늘 수상을 했고, 대학을 다닐 때도 글쓰기로 소소한 상금을 타곤 했다. 대학 졸업 후엔 책도 출간했고, 소설가와 결혼도 했다.

그러나 그와 이혼 후 나는 글쓰기와 절연했다. 뒤도 돌아보지 않았다.

하지만 어느 순간부터 글을 쓰고 있는 나, 글쓰기 강의까지 하는 나를 발견하게 되었다.

이쯤 되면 누구나 자신의 인생에서 출구를 찾을 수 없는 미로 하나쯤 가진 게 아닐까. '드디어 출구다!' 생각했지만 다시 미로가 시작되는 뫼비우스의 띠처럼 영원한 미로 속에 갇힌 느낌이다.

어렸을 때부터 집을 떠나고 싶었다.

우리 집에는 웃는 사람이 없었다. 집안 분위기는 늘 어둡고 무거웠다. 누군가는 짜증을 내거나 화를 내고 언성을 높이는 일의 반복이었다.

그 속에서 나는 침묵을 선택했다. 아니, 강요받았을지도 모르겠다. 그저 내가 입 다물고 있는 게, 심지어 못 들은 척하는 게 나의 생존법이었으니까.

며느리 생존법이라 하는 귀머거리 3년, 벙어리 3년, 장님 3년이 어쩌면 내가 태어나서 겪은 9년의 세월일지도 모른다.

아홉 살부터 내가 그 소란을 피하는 방법은 책상 앞에 앉는 것이었다.

책상 앞에 앉은 나를 아무도 건드리지 않았다. 물론 육체는 책상 앞 의자에 앉아 있지만, 영혼은 집을 떠나곤 했다.

내 영혼이 집을 떠나는 유일한 방법은 책 읽기와 글쓰기였다. 현실에 있으면서 현실을 피하는 방법, 그렇게 나의 글쓰기가 시작되었다.

난생처음 동시를 써서 방송국에 보냈고, 라디오 방송을 탔다.

그 시의 내용은 이러했다.

"동생의 눈물엔 자석이 있나 봐요. 동생이 울면 엄마가 당장 달려와요."

지금도 생생히 기억이 난다. 나를 외면하는 엄마가 동생에게 달려가는 모습을 시로 쓴 것이다.

이 시를 방송국에 보냈지만 정작 엄마에게는 말하지 못했다. 내가 하고 싶었던 말이 무엇인지 제대로 인지하지 못한 채 그저 '내 시가 라디오에 나왔다'라는 사실만으로 뿌듯했다. 그 동시를 엄마가 들었는지, 만약 들었다면 나보다 동생을 더 예뻐한다고 생각하는 내 속마음을 엄마가 어떻게 생각했을지 전혀 알 수는 없었다.

그렇게 시작된 '현실 회피'의 글쓰기는 끊어졌다 이어지기를 반복하며 지금에 이르렀다.

여전히 나에게 글쓰기는 '회피'다.
나이를 먹을수록 해답 찾기가 어려운 인생에 대한 회피.
가까워진 것 같으면 멀어지는 관계에 대한 회피.
풍요로워졌다 여기는 순간 홀쭉해진 내 주머니에 대한 회피.
다 키웠다 하는 순간 속을 뒤집는 아이에 대한 회피.
익숙하다 싶으면 해결할 수 없는 문제들이 나타나는 내 일에 대한 회피.
온갖 회피들로 삶이 점철되어 있던 내가 요즘 즐겁다. 다름 아닌 나처럼 글 속으로 회피하려는 사람들을 만났기 때문이다.
정면 승부에도 연대가 필요하지만, 회피도 연대가 힘이 된다.
나 혼자만 힘든 게 아니구나, 나 혼자만 피하고 싶은 게 아니구나.
그동안 내가 혼자 앉아 있다고 생각한 '숨어 있기 좋은 동굴'의 테이블이 손님들로 채워지기 시작했다. 도망쳐서 도착한 곳에 낙원은 없어도 나를 환대하는 친구 한 명 정도는 있을 수 있지 않을까.

이제 나는 환영 파티를 하려고 한다. '글쓰기'라는 회피로 모인 동지들을 위해.

훔친 시간에 읽고, 숨은 시간에 씁니다

당신과 함께 있는 것, 당신과 함께 있지 않은 것이
내가 시간을 측정하는 유일한 방법입니다.
– 호르헤 루이스 보르헤스

다니엘 페나크는 《소설처럼》에서 책을 읽는 시간은 '훔친 시간'이라고 했다.

이는 마치 연애할 시간이 없어서 연애를 못 한다는 말처럼, 책 읽을 시간이 없어서 책을 못 읽는다는 말은 성립이 안 된다는 은유적인 표현이다.

미국 올랜도 디즈니 월드 리조트를 여행할 때였다. 이곳은 디즈니 테마파크만 해도 네 군데나 있다. 그래서 '비지터 센터'라는 곳에 모두 내린 뒤 셔틀버스를 타고 각각의 테마파크로 이동해야 했다.

마침 나는 혼자 여행 중이었고, 다른 한국인 가족이 버스 안에 같이 있었다. 중학생 정도의 아이들과 부모였다.

가족끼리 이런저런 대화가 오가던 중 한 아이가 "엄마, 오늘 해리포터 백 페이지까지 읽을게요."라고 말하는 게 아닌가!

순간, 나는 귀를 의심했다. 교과서가 아닌 소설을, 그것도 페이지를 정해놓고 읽는다는 게 상식적으로 이해할 수 없었다.

소설이란 재미있으면 읽고 싶은 만큼 읽는 것이다. 만약에 백 페이지에서 결정적인 사건이 일어났는데 그대로 책을 덮고 내일까지 참을 수 있을까?

그 당시 나는 아이가 없었다. 당연히 중학생으로 보이는 그 아이의 독서법을 이해할 리 만무했다.

그런데 내 아이를 키우면서 이런 상황이 비일비재하다는 걸 알게 되었다. 영어 공부를 위한 책 읽기 과정에서 페이지를 정하거나 권수를 정한다는 사실을 말이다.

특히 《해리포터》의 경우 그 책을 읽는 게, 마치 어느 정도의 영어 실력을 보장하는 것처럼 아이가 영어책을 읽을 수 있느냐 없느냐의 기준이 되고 있었다.

나는 시간이나 분량을 정해놓고 책을 읽지 않는다.

예를 들면 '하루에 한 시간은 책을 읽어야지'라고 계획을 세우거나 '오늘 이백 페이지까지 읽어야지'라는 다짐을 해본 적도 없다. 책이 재밌어서 틈틈이 읽거나 잠을 자지 않은 채 읽을 뿐이다.

〈밀리의 서재〉에서 나의 독서 통계를 보면 주로 새벽에 읽는 것으로 나온다. 이는 그 시간이 내 여건상 시간을 훔치기 가장 쉽기 때문일 것이다.

책을 읽는 시간은, 사랑하는 사람을 만나기 위해 없는 시간을 쪼개고 잠을 줄여가며 데이트하듯이 훔친 시간이어야 한다. 그렇지 않고서는 책을 집어들 수가 없다.

그렇다면 글 쓰는 시간은 어떤 시간일까?

사람들은 "글을 어떻게 쓰나요?"라고 질문할 때가 많다. 그럴 때면 나는 '어떻게' 전에 '언제'를 물어보고 싶다. "언제 글을 쓰시나요?"라고.

책을 읽는 시간마저 훔친 시간인데, 읽는 것보다 더 많은 시간이 필요한 '쓰는 시간'은 과연 어떤 시간이란 말인가.

곰곰이 생각해 보니 나에게 글 쓰는 시간은 어딘가로 숨어야만 가능했다.

어린 시절부터 책상으로 숨었던 시간, 직장 생활 가운데 일에서 잠시 숨었던 시간, 결혼 후 아이를 키우면서 가족으로부터 숨었던 시간 등 그렇게 사람들로부터, 상황들로부터 숨어 오롯이 혼자 있는 시간이 내게는 글 쓰는 시간이 되었다.

여행을 가서도 글을 쓰기 위해 좁은 숙소의 한쪽으로 숨었고, 때로는 너저분한 주방의 식탁 아래로 몸을 구겨 넣었다. 어떨

땐 아이를 재운 캄캄한 안방 옆 작은 테이블로 몸을 숨기기도 했다.

사람들이 날 찾지 못하게 숨어야 글을 쓸 수 있었다. 세상과 내 주변과 숨바꼭질 하면서 말이다. 머리카락이 보일 땐 들키고, 잘 숨으면 조금 더 오래 글을 쓸 수 있었다.

그 숨은 시간이 글이 되고 책이 되어 독자를 만날 때, 나의 숨은 시간이 누군가의 훔친 시간과 겹쳐질 때, 우리는 서로의 글을 나누는 공범자가 된다.

가르치지 못한 것을 배우는 법을 알려드립니다

교육의 전체 목적은
거울을 창문으로 바꾸는 것입니다.
- 시드니 J 해리스

나는 '글쓰기'는 가르칠 수 없는 것이라 생각했다.

그러나 지금 성인은 물론이고 아이들에게도 글쓰기를 가르치고 있다. 하지만 여전히 글쓰기를 '완벽'하게 가르칠 수는 없다고 생각한다. 그 이유는 아주 간단하다. 글쓰기는 개인의 고유 영역이기 때문이다. 따라서 그 개성을 백분 활용해야 좋은 글쓰기가 되는데, 타인에게 배우는 것은 개성을 망가뜨릴 수 있는 위험이 내재되어 있다.

나는 단지 그 위험을 무릅쓰는 게 옳지 않은 일이라고 판단했다. 물론 맞춤법, 원고지 사용법, 비문법적 문장 고치기 등의 기술적인 부분은 당연히 배워야 한다. 그러나 그 외의 '영감을 얻는 법', '이야기를 구성하는 방법', '자신의 글에 적합한 장르를 고르는 것' 등은 가르칠 수도 없고 또 배울 수도 없는 것이라 믿었다.

그래서 나의 시작은 가르치기가 아니라 '함께 쓰기'였다.

글쓰기는 함께 하는 것만으로도 충분하다고 생각했다. 그렇게 시작한 것이 〈그림책으로 날 위한 글쓰기〉의 '그날그날 글쓰기 1기'다.

한 달 동안 일주일에 5일씩, 그림책으로 글을 써 SNS에 올려 공유하는 식이었다. 그러다 보니 오픈 챗방에서 글쓰기에 대한 궁금증, 새로운 아이디어에 대한 제안 등 수많은 이야기가 오갔다.

이를 통해 글쓰기를 하고 싶어 하는 사람들의 궁금증이 많다는 걸 알았다. 무엇보다 내가 작가로서 체득해 알고 있는 당연한 것들을 이제 막 글쓰기를 시작하는 사람들은 전혀 모르고

있다는 것도 알게 되었다.

예를 들면 책 제목은 책이 출간되기 직전 아니 인쇄 직전까지는 언제든 바뀔 수 있다는 것, 또 편집자의 손을 거치며 많은 부분이 수정되기도 한다는 것, 책이 출간되더라도 홍보가 어렵다는 것 등등.

그렇게 사람들과 의사소통을 하게 되었고, 내가 사람들에게 도움 되는 것을 가르칠 수 있겠다 싶었다.

그렇다면 어떻게 가르쳐야 할까. 나는 '방법'에 대한 고민을 많이 했다.

사람들이 강의만을 듣는 게 아니라, 혹은 강의를 듣고 '배웠다'라는 느낌으로 끝나는 게 아니라, 진짜로 '글을 쓸 수 있게 만들 수 있는지'에 대해서 말이다.

그래서 생각해 낸 것이 '개별 첨삭'이었다.

물론 이 강의는 대형 강의나 단발적인 강의로는 불가능하다. 적어도 열 명 내외의 소규모여야 하며, 최소 4주 이상의 강의여야 했다.

특히 글쓰기 강의에서는 쓰기만이 아니라 '읽기' 또한 같이 해야만 글쓰기가 향상되기에 '읽기'도 필수다.

그러다 보니 수강생들은 책 읽어야지, 글도 써야지 무척 바쁘다. 그러나 다들 자신의 글쓰기가 달라지는 것을 보며 만족해했다. 운동도 P.T가 있듯이 글쓰기도 퍼스널 트레이너(티처)가 필요하다.

현재 나는 〈글쓰기〉, 〈서평 쓰기〉, 〈그림으로 글쓰기〉 등 글쓰기 자체만이 아니라 글쓰기를 다른 장르와 결합한 글쓰기도 강의하고 있다.

나는 강의를 하기 전 반드시 '빵 굽기'를 예로 들어 글쓰기를 배우는 그것에 관해 설명한다.

서양에서 전해 내려오는 이야기라는데 내용은 이렇다.

시어머니의 빵이 맛있어서 이를 배우고 싶은 며느리는 시어머니에게 레시피를 알려달라고 한다. 시어머니는 꼼꼼하게 레시피를 다 적어서 알려준다.

그러나 며느리는 레시피대로 했지만, 여전히 빵의 맛이 차이가 났다.

어느 날 시어머니가 빵 굽는 걸 옆에서 지켜보니 딱 한 가지가 달랐다. 시어머니는 반죽한 후에 반을 잘라서 오븐을 넣는 게 아닌가.

자신에게 적어준 레시피에는 반을 자르라는 부분이 없었다. 며느리는 시어머니에게 물었다.

"어머니, 왜 저한테는 반으로 자르라는 걸 안 가르쳐줬어요?"

"너희네 오븐은 크잖니."

이 빵 굽기 에피소드는 '배움'과 '가르침'의 간극을 잘 설명해 주고 있다.

가르치는 사람도 다 가르쳤다고 생각하고, 배우는 사람도 다 배웠다고 생각해도 그 안에는 가르치지 못한 것과 배우지 못한 것이 존재한다.

시어머니는 자신이 빵을 반으로 자르는 이유는 다른 이유가 아니라 오븐이 작아서 반으로 잘랐기에 레시피에서는 뺐던 것이다.

며느리는 레시피가 전부라고 생각해서 그대로 했지만, 맛은 달랐다.

며느리는 시어머니를 지켜보다가 자신과 다른 점을 발견한 것이다. 그리고 질문을 했다.

앞으로 며느리는 똑같은 빵 맛을 낼 수 있을 것이다.

나는 이 에피소드만큼 교육에 대해서 잘 설명한 말은 없다고 생각한다.

하나는, '가르칠 수 없는 것'과 '배울 수 없는 것'에 대한 이야기가 아니라 직접 보고 배워야만 배울 수 있는 것들이 있다는 이야기이고, 또 다른 하나는 '질문의 중요성'이다.

직접 만나서 보지 않으면 질문을 할 수 없고, 대답도 들을 수 없다.

나는 글쓰기를 배운다는 것도 이와 마찬가지라고 생각한다. 글 쓰는 누군가와 함께하며 궁금한 것을 물어보는 것이 진짜로 배우는 것이라고.

초고를 쓴 후에 수정하라고 하면 무엇을 고쳐야 할지 다들 막막하다고 한다. 그럴 때 나는 우선 '구성'부터 다시 생각해 보라고 말한다.

집을 지을 때 인테리어부터 먼저 할 수 없으니, 초고 후에 문장을 고치는 것은 나중을 생각하면 인테리어를 두 번 하는 꼴이 될 수도 있다.

글쓰기 수업 시간에 수강생들의 질문은 내가 가르칠 수 없는 것들을 가르치게 해 준다.

나는 늘 질문을 기다린다. 그래야 나는 '가르치는 것을 배울 수' 있기에.

2장_
제목부터 써볼까요

끌리는 '제목'과 울리는 '문장'을 써야 해요

진정한 연금술사는 납을 금으로 바꾸지 않습니다.
말로 세상을 바꿉니다.
- 윌리엄 H. 가스

나는 글을 쓰려고 책상 앞에 앉을 때마다 책 한 권을 쓰겠다는 목표를 생각한다.

오늘 쓰는 글이 단지 한편으로 끝나는 게 아니라 추후 책 한 권이 되는 것이 '진짜 엔딩'이라고 믿는다. (어느 때는 해피 엔딩이든 새드 엔딩이든 열린 결말이든 결말까지 쓴다는 것 자체가 부럽다.)

이처럼 한 편과 한 권을 동시에 생각하는 게 다소 복잡해 보일 수도 있지만, 이 두 가지를 동시에 관통하는 요소가 바로 '제목'과 '문장'이다. 일단 제목을 쓰고 나머지 문장을 쓰면 글 한 편이 완성되고, 한 편이 모이면 한 권의 책을 완성할 수 있다.

독자 관점에서 생각해 보자. 제목을 보고 끌리면 첫 문장을 읽게 된다. 여기까지만 읽어줘도 성공이다.

읽기 전에 훑어보는 경우도 많다. 작가가 공들여서 쓴 한 문장, 한 문장을 읽기보다 뭉텅이로 본다. 그러는 사이 한 문장이라도 와 닿는다면 조금 더 읽을 확률이 높다.

마음을 울리는 한 문장이 없다면 집었던 책은 그대로 내려놓아진다. 그리고 영원히 흘러가 버린다. 마치 흐르는 강물처럼.

글을 쓸 때는 독자의 입장을 자꾸만 잊어버린다.

음식이 귀했던 시대가 지나고 음식물 쓰레기가 넘쳐나는 세상이 되었다. 이와 똑같이 읽지도 않을 책을 찍어내고, 재고가 된 책들은 폐지 수집업체에서 처리되고 있다.

음식물 쓰레기는 생명과 연결된 것이라 다들 아깝다고 한다. 하지만 버려지는 책들이 처리되는 걸 공론화하거나 다 읽고 나서 버리자고 하는 사람은 없다.

게다가 음식물 쓰레기는 버리는 사람에게 책임이 있지만, 수많은 책이 버려질 때 우리는 읽지 않은 사람을 비난하지 않는다. 어쩌면 책을 쓴 사람이 원죄라고 말할 수 있지 않을까.

음식물 쓰레기가 넘쳐나지만, 사람들은 여전히 맛있는 음식을 찾아 헤맨다. 책도 마찬가지다.

버려지는 책의 양이 엄청나지만 독자들은 여전히 재밌는 책, 읽을 만한 책을 찾는 게 어렵다고 한다. 설령 그런 책을 찾아도 읽을 시간이 없다고 말할 것이다.

그래서 작가는 단순히 '잘 쓰는 글'이 아니라 '읽히는 글'을 써야 한다.

읽히는 글을 위해서 작가는 '도둑'이 되어야 한다.

독자의 시선을 훔치고, 독자의 시간을 훔치고, 마지막엔 독자의 마음을 훔쳐야 한다. 어찌 보면 글로 세상을 바꾸는 게 아니라 세상을 속이는 것이다.

전 세계 어떤 대중 매체에서도 '산타가 부모야'라고 노골적으로 드러내지 않는다. 하지만 전 세계인의 대동단결과 부모의 헐리우드급 연기에도 산타는 가짜임이 드러난다.

누군가를 속인다는 것은 어렵다. 그러나 내가 쓰는 글은 나 혼자 세상을 상대로 속여야 하는 고독한 싸움이기도 하다.

그래서 더 진짜 같아야 한다. 공감을 지나 감동을 얻지 못하면 싸구려 사기꾼으로 전락하고 만다. 산타가 가짜임을 들킨 부모는 당당할 수 있지만, 독자를 끝까지 잡아두지 못한 작가는 초라한 뒷모습으로 사라져야 하는 운명이다.

글을 쓴다면 기억하자. 납에서 금을 만드는 불가능에 도전하는 연금술사들이 금을 만들기 위해 '현자의 돌'을 만든 것처럼, 작가는 '제목'과 '문장'을 만들어야 한다는 걸.

그리고 끌리는 제목으로 시작해서 울리는 문장을 써야만 오늘의 배부르고 게으른(나 같은) 독자들을 조금이라도 차지할 수 있다는 것을.

생각의 덩어리에 제목을 붙여보세요

제목 하나가 떠오른다. 어느 정도는 흥분을 유발하는 제목이다.
그 덕에 책에 대한 아이디어가 분출하고, 집필이 진행된다.
그러다 결국 그 제목은 다 소진되어 식상해지고 다른 제목을 찾게 된다.
쉽게 바닥나지 않는 다른 어구를 찾아내면 그게 최종 제목이 된다.
- E. L. 닥터로

지금까지 글쓰기에서 그 누구도 '제목'을 얘기하지 않았다. 많은 사람이 '제목은 카피라이터 영역'이라 여겼기 때문이다.

제목으로 성공한 책에 관한 이야기를 할 때도 '제목 붙이기'를 글쓰기 영역으로 가져온 사람은 없었다. 글쓰기와 제목은 분리 된 영역이며, 또 제목은 추후에 얼마든지 근사하게 붙일 수 있다고 생각했다.

실제로도 책의 제목은 출간 직전까지 고민하는 경우가 대부분이다. 책을 여러 권 쓴 나 같은 작가들도 제목은 미뤄둔 채 글부터 먼저 써야 한다고 생각하는 때도 많으니까.

그런데 글쓰기와 다른 영역이라고 생각했던 '제목'이 글쓰기에 있어서 중요한 역할을 한다는 걸 최근 깨달았다.

얼마 전 아주 잘 쓰인 글쓰기 책을 감탄하며 읽었다. 도입부, 본문, 결론을 쓰는 방법으로 각각 여섯 가지의 방법이 적혀 있었다. 정말 이대로만 쓰면 어떤 글이든 훌륭하게 쓸 수 있을 것만 같았다.

그런데 책을 덮고 나니 뭔가 현실적인 느낌이 들지 않았다. 완성된 글에 위의 방법을 접목하면 다 맞는 말이다. 그렇지만 처음 글을 쓰려고 앉았을 때(나도 지금 그런 상황이다.) 시작 부분 여섯 가지 중에 뭘 골라 쓸까.

이렇게 생각해서 시작 부분은 다 썼으니 이제 본문 써야지, 이처럼 논리적으로 사고하며 글쓰기란 무척 어렵다. 혹시 주제가 이미 정해져 있는 글이라면 가능할지도 모르겠다.

설령 그렇다고 해도 이 생각 저 생각 하면서 어떤 도입부를 써야 할지 고민하는 게 사실이다.

사람은 처음부터 논리적이거나 분석적으로 막 쪼개서 생각하지 않고 '덩어리'로 생각한다. 그래서 나는 이것을 '생각 덩어리'라고 이름 붙였다. 특히 처음 무언가를 생각할 때는 '어떤 덩어리'로 막연히 생각한다.

글을 쓸 때도 마찬가지다. 처음에는 막연히 '사랑에 관해서 써봐야지'라고 생각한다.

이 상태에서 시작의 여섯 가지 방법을 떠올리고, 그중에 선택한다는 건 무리다. 이는 내가 쓰고 싶은 이야기가 더 명료해져야 글을 쓸 수 있기 때문이다.

그래서 나는 이 생각 덩어리에 이름을 붙이는 것이 곧 '제목'

**을 붙이는 것이고, 제목을 붙이면 글을 시작할 수 있다고 생각
한다.**

임신하면 배 속의 아이에게 '태명'을 붙인다. 출산 후 정식 이
름으로 바뀌기 전까지 '태명'으로 아이의 존재를 인정한다.
나는 임산부들이 태명으로 아이 얘기하는 걸 듣기 좋아한다.

태어나지는 않았지만, 뱃속에서도 존중받는 생명이란 생각이 들어서다.

이건 글쓰기에서 '제목 붙이기'와 흡사하다.

그냥 '아가'라고 태중의 아이를 생각하는 것보다 '귀요미', '사랑이', '행복이', '상추(최근에 들은 태명 중에 제일 재밌었다.)'라고 부르면서 태어날 아이를 생각한다는 건 그만큼 아이를 특별하게 생각하는 동시에, 예비 부모만이 아니라 주위 사람들에게도 각별한 존재로 느끼게 해준다.

이처럼 단순히 '사랑 이야기를 쓸 거야'라기보다는 '내가 그를 사랑하는 이유에 관해서 쓸 거야'라고 제목을 붙인다면 더 쉽게 도입 부분을 쓸 수 있다.

이른바 '가제'라는 것으로, 제목 부연 설명이라 생각하면 이해가 쉬울 것이다.

나의 경우를 생각하면 글을 쓸 때, 꼭 '가제'가 있었다. 그 '가제'가 최종 제목이 될 때도 있었지만, 물론 그렇지 않을 때도 있었다.

작가라면 자신이 붙인 '가제'가 최종 제목이 되지 못했을 때

꽤 아쉬워한다. 그러나 그와 반대로 더 좋은 제목이 붙여지면 편집자를 신뢰하기도 한다.

독자로서는 최종 제목만 보이지만, 작가에게는 끝까지 글을 쓰게 하는 '가제'가 분명히 있다. 아마 작가 자신도 깨닫지 못한, 자신의 글쓰기에 동력이 된 수많은 '가제'가 있음에 틀림없다.

오늘도 내 머릿속을 떠다니는 수많은 생각 덩어리에 이름을 붙이고 책상 앞에 앉자.

〈로마의 휴일〉의 시작은 〈공주와 평민〉

제목은 중요할 뿐만 아니라 나에게는 필수다.
제목 없이는 글을 쓸 수 없다.
– 기예르모 카브레라 인판테

제목에 대한 여러 가지 오해 중 하나로, 처음부터 제목을 정하면 글 쓰는 작가의 자유로운 상상에 장애가 생긴다는 것이다. 한마디로 제목이 한계를 만든다는 얘기다.

무조건 내용부터 쓰고 나서 나중에 제목을 붙여야 더 좋은 글을 쓸 수 있다고 생각하는 사람들이 많은 이유이기도 하다. 실상 제목을 미뤄둔 채 내용부터 쓰는 사람들도 많다.

그런데 처음부터 제목을 정하고 글을 쓰면 제목으로 인해 영감이 풍부해지기도 하고, 또 제목 때문에 마지막까지 길을 잃지 않고 목적지에 도착할 수 있다.

결정적으로 제목에 따라 '다른 이야기'가 될 수도 있다는 의미이기도 하다.

로맨틱 코미디 영화의 고전 〈로마의 휴일〉을 모르는 사람은 없을 것이다. 앤 공주(오드리 햅번)가 로마 순방 중에 궁전을 탈출, 신문 기자인 조 브레들리(그레고리 팩)와 하루 동안 로마 시내를 돌아다니며 벌어지는 해프닝과 로맨스 이야기다.

그러나 이 영화의 원래 제목은 〈로마의 휴일〉이 아니다.

이 영화의 각본가 이언 매클렐런 헌터는 1953년 아카데미에서 원안상을 수상했다. 그런데 진짜 작가는 '돌턴 트럼보'라는 사람이다.

돌턴 트럼보는 그 당시 공산주의자로 낙인이 찍혀 본인의 이름 대신 다른 사람의 이름으로 활동하고 있었다. 그리고 〈공주와 평민〉이라는 제목의 각본을 틈틈이 썼다.

동료인 이언 매클렐런 헌터가 〈공주와 평민〉 각본을 읽어보고 맘에 들어 하자, 그의 이름을 빌려 발표했다. 이언 매클렐런 헌터는 〈로마의 휴일〉로 제목을 바꿨고, 전 세계 사람들의 기억에 남은 명작이 되었다.

〈공주와 평민〉에서 〈로마의 휴일〉로 제목을 바꾼 것은 신의 한 수였다.

〈공주와 평민〉이라는 제목으로는 이 영화가 그렇게 성공할 수는 없었을 것이다. 그렇다고 해서 무조건 제목을 바꿔야 성공한다는 얘기를 하려는 건 아니다.

트럼보가 처음 정했던 제목인 〈공주와 평민〉을 생각하면 좀 더 주제가 명료해진다. 〈로마의 휴일〉이란 제목이 로마의 아름다운 풍경을 떠올리게 하고, 또 로맨틱 코미디의 느낌을 더 살리는 건 사실이다.

그러나 영화의 이야기를 보면 〈공주와 평민〉이란 제목이 그 흔한 '신데렐라' 설정에서 남녀가 바뀌었다는 걸 알 수 있다. 심지어 기자는 공주와 결혼해 신분 상승을 하지 않은 채 아름다운 추억으로 끝낸다.

〈공주와 평민〉이란 제목이 최종 제목이 되지 못했지만, 처음부터 마지막까지 이야기를 끌고 나가는 데는 탁월한 제목이라고 생각한다. 트럼보는 〈공주와 평민〉이라는 제목에서 영감을 얻고 마지막까지 길을 잃지 않았다.

〈로마의 휴일〉이 개봉된 지 일 년 후 〈서울의 휴일〉이라는 한국영화가 등장했다. 〈로마의 휴일〉에서 제목을 차용했음은 자명하다.

영화는 휴일인 일요일 하루 동안 벌어지는 일을 다뤘다. 그러나 〈로마의 휴일〉이 앤 공주와 조 브레들리의 사랑 이야기가 중심이라면, 〈서울의 휴일〉은 제목 그대로 '서울'이 중심이다. 산부인과 의사 아내와 신문 기자 남편(직업은 〈로마의 휴일〉과 똑같다)인 한 부부가 주인공이다. 그러나 이야기는 그 둘의 사랑 이야기가 아니다. (이미 결혼했다.)

부부가 모처럼 낭만적인 하루를 보내기 위해 휴일에 외출하려다 일이 꼬여서 온종일 그 당시의 서울 사람들을 만나게 된다. 남편의 직장 동료, 공장에 취업을 시켜준다는 말에 속아 성폭행을 당하고 임신한 여자, 살인범, 도박꾼 등 다양한 인물들이 등장해서 서울의 군상(群像)을 보여준다. 영화의 끝도 휴일의 저녁으로 마무리가 된다.

마지막 장면은 그 당시 서울의 저녁 풍경이 한눈에 보이도록 담았다. 말 그대로 〈서울의 휴일〉이란 제목에 충실한 영화다.

이렇듯 〈로마의 휴일〉과 〈서울의 휴일〉이 같은 제목이지만 이야기가 완전히 다른 것은, 작가가 처음부터 주제를 정하고 붙인 제목의 차이에서 출발했다고 생각한다. 그러니 〈공주와 평민〉에서 시작한 이야기와 〈서울의 휴일〉에서 출발한 이야기는 당연히 다를 수밖에 없다.

이것이 바로 작가에게 주어지는 '제목의 힘'이라고 생각한다. 작가에게 영감을 주고 길을 안내해 주는 '뮤즈'는 자기 자신이 가장 먼저 생각한 '제목'일 수도 있다.

글을 쓰기 위한 제목은 정확한 것이 최고입니다

제목의 조건 3가지

1. 팔리는 제목이어야 할 것

2. 폼 나는 제목이어야 할 것

3. 정확한 제목이어야 할 것

- 가와카미 데쓰야

위의 세 가지 조건을 다 갖춘 제목이라면 정말 좋겠지만 처음부터 완벽한 제목을 쓸 수는 없다. 그러나 세 번째 '정확한 제목'은 처음부터 붙일 수 있다. 작가 본인의 의도와 하고 싶은 이야기는 본인만 알고 있으니까.

나 역시 제목의 조건 중 첫 번째인 '팔리는 제목'이란 작가가 아닌 출판사의 권한이라 생각했다. 그 이유는 출간하면서 겪은 경험 때문이다.

제목은 늘 인쇄 직전까지 확정되지 않는 경우가 많다. 내가 제목을 정했다고 하더라도 마지막까지 두세 가지 후보를 놓고 고민하는 때도 많고, 아예 새로운 제목이 뽑히는 예도 있다.

그렇지만 이 글을 쓰면서 생각해 보니 내가 붙인 제목으로 대부분 출간됐다. 다만 마지막까지 늘 '팔리는 제목'인가에 대한 논의를 했기에 출판사가 정했다고 여기게 된 거 같다.

작가의 집필이 끝나면 교정을 보고, 편집하고, 인쇄로 넘어가는 모든 과정을 출판사에서 진행한다. 따라서 제목은 출판사의 마케팅 영역으로 넘어간다고 볼 수 있다.

물론, 출판사에서도 저자의 의견을 적극적으로 수용하지만 그래도 '팔리는 제목'을 만들기 위해 노력한다. 그러니 출간 경험이 많은 저자일수록 제목은 얼마든지 바뀔 수 있다는 걸 알고 있고, 나 역시 '제목은 마지막에 정해지는 것'이라고 생각했다.

그런데 관점을 바꿔보니 처음부터 제목이 없는 글은 없었다. 제목이 나중에 바뀌었을 뿐이었다.

초고가 퇴고를 거쳐 완성되듯 제목도 퇴고를 거쳐 완성되는 것이었다.

우리는 제목에 관한 이야기를 할 때 원제가 바뀌어서 히트한 것만 말한다.

예를 들면 《칭찬의 힘》은 《칭찬은 고래도 춤추게 한다》로 바뀌며 베스트셀러가 되었고, 좀 오래된 책이지만 《바바 하리다스의 칠판》은 《성자가 된 청소부》로 제목을 바꿔 엄청난 베스트셀러가 되었다고 한다.

이런 이야기는 얼마든지 있다. 물론 이는 제목의 힘을 강조하기 위해 하는 이야기지만, 우리는 이야기 속의 숨은 진실을 놓치고 있다.

그것은 처음부터 작가가 붙인 제목이 있다는 사실이고, 그 제목에는 작가가 쓰고자 하는 '정확함'이 있다는 것이다.

얼마 전에 뮤지컬 〈시카고〉를 보았다. 좋아하는 뮤지컬이라 뉴욕에서 두 번, 일본에서도 한 번 봤던 터다. 마지막으로 한국에서 한 번 더 보았을 때 한 가지 의문이 들었다.

왜 제목이 〈시카고〉일까?

스토리를 보면 여주인공인 '록시의 생존기'라고 칭해도 하등 이상할 게 없었다. 물론 이야기의 배경이 시카고이고, 또 그 시대를 반영했다는 건 알겠다.

하지만 맨 처음부터 〈시카고〉라는 제목으로 이야기를 썼다고 하기에는 무리가 있다는 생각이 들었다. 아니나 다를까. 뮤지컬 〈시카고〉의 탄생 배경을 찾아봤더니 모린 달라스 왓킨이 쓴 〈작고 용감한 여인〉의 연극이 원작이라는 것을 알아냈다. 이후에 영화, 뮤지컬로 제작되며 〈시카고〉라는 제목을 달게 되었다고 한다. 내가 추측했던 것처럼 〈록시 하트〉라는 제목으로 영화화가 된 적도 있었다고.

제목의 세 가지 조건으로 생각해 볼 때 〈작고 용감한 여인〉이 정확함을 갖춘 제목이라면, 〈시카고〉는 제목의 두 번째, 세 번째 조건인 폼 나고 팔리는 제목이 아니었을까.

작가가 처음 글을 쓸 때 생각해야 할 제목은 '정확함'이어야 한다. 그리고 그 이후에 제목도 퇴고를 거쳐 사람들을 끌어 당길 제목으로 완성되어 간다.

초고가 없으면 완성작이 나올 수 없듯이, 처음부터 정확한 제복이 없다면 사람들의 관심을 끄는 멋진 제목도 나올 수 없을 것이다.

처음부터 완벽함을 고려하지 않고 초고를 쓰듯 마지막 제목이라 생각하지 않고 자신의 쓰고 싶은 이야기에 대해 정확한 제목을 붙인다면, **제목 또한 퇴고를 거쳐 사람들의 뇌리에 깊이 남을 제목으로 재탄생할 것이다.**

지금 책상 앞에 앉아 있는 당신, 다시 한 번 자신의 글에 붙인 제목이 얼마나 정확한지 생각해 보자.

읽기(쓰기) 전부터 재밌는 제목이어야 합니다

"나의 시(詩)들이지요."

그가 대답했다. 로선스타인은 그게 책 제목이 될지 물어보았다.

시인은 이 제안을 잠시 숙고했지만,

그보다는 차라리 무제로 두는 편이 낫겠다고 말했다.

"책이 그 자체로 좋다면…."

그는 담배를 흔들며 웅얼거렸다.

로선스타인은 책에 제목이 없으면 책의 판매에 악영향이 있을 거라며 반대했다.

"서점에 가서 그냥 '있습니까?'라든가 '한 권 있어요?'라고 말만 하면 내가 무슨 책을 원하는지 어떻게 알겠습니까?"

- 맥스 비어봄, 단편 소설 〈에노크 숌즈〉 중에서

많은 사람이 글을 쓸 때(작가의 입장이 되면) 독자의 마음을 잊어버린다.

내가 책을 고를 때 어떻게 골랐는지 생각해 보면 제목이 주는 영향이 얼마나 큰지 쉽게 알 수 있다. 제목이 끌리지 않은 책은 아무리 유명한 작가가 썼다고 하더라도, 세간의 베스트셀러라도 손에 잡히지 않은 경우가 많다.

실제로 2022년 온라인 패널 서비스 패널나우(PanelNow)가 조사한 결과에 따르면 **책을 고르는 기준 1위는 책을 읽은 사람들의 후기를 본다, 두 번째가 제목과 목차였다. 그다음으로 작가와 베스트셀러가 3, 4위였다.**

이 통계만 보더라도 제목이 미치는 영향이 크다는 걸 알 수 있다. 그런데 나는 1위를 차지한 '책을 읽은 사람들의 후기를 본다'라는 말에서 의문이 생겼다.

애초에 후기를 쓴 사람들은 책을 어떻게 선택했을까?

따지고 보면 처음 책이 나와서 후기가 없는 책이라면 2위인 제목과 목차가 1위의 자리를 차지하는 게 바르다고 본다. 이렇듯 우리는 책을 고를 때 제목을 보고, 또 SNS에서도 제목을

보고 글을 읽을지 말지 결정한다.

그런데 왜 자신이 쓴 글은 사람들이 끝까지 다 읽어줄 거라 기대하고 글을 쓰는 걸까. 제목이 끌리지 않으면 아무리 내용이 좋아도 그 내용을 접할 기회를 잃고 만다.

습작 시절, 어느 작가분이 해준 얘기가 기억난다.

글을 써보겠다 작정하고 열심히 글을 쓴 후, 주변 사람에게 그 글을 읽어달라고 부탁한다. 그리고 상대방이 다 읽었다고 하면 물어본다.

"읽어보니 어때?"

"읽어보니 재밌어."

상대방이 이렇게 대답하면 자신이 그래도 웬만큼 썼다고 생각한다. 그러나 이 과정 자체가 잘못되었다고 했다.

"어떤 글이든 다 읽고 나면 재미있는 것이니 읽기 전에 재밌어야 한다."라고 설명했다.

"읽기 전에 재밌어야 한다."

이것이 무엇일까, 하는 궁금증이 나의 뇌리에 오래 남았다.

누군가 자신의 글을 읽어달라고 부탁했을 땐 그 글을 읽을까 말까에 대한 판단 과정이 빠진 채 의무감으로 읽게 된다. 그러면 나태주 시인의 풀꽃 시의 효과가 생긴다.

'자세히 보아야 예쁘고, 오래 보아야 사랑스러운' 그런 효과 말이다. 그래서 자세히 보고 오래 본 상대방의 글이 좋아 보이는 것이다.

그러나 우리는 평상시 이런 과정을 거치지 않는다. '재밌을 것 같아야 읽는다'라고 설명해 준 작가분의 말처럼 먼저 선택을 한다.

그럼 그 재밌을 것 같은 선택의 기준은 무엇일까? 그게 바로 '제목'이다. 내가 작가가 아니라 독자라고 생각하면 의외로 쉽게 생각할 수 있다.

누구보다 내가 읽고 싶은 제목을 붙여본다.

반대로 이런 제복이면 나라도 읽고 싶지 않겠다는 제목은 붙이지 않는 것이다. 읽기 전에 재밌는 제목, 그런 제목을 붙이면 된다.

예를 들면, '글 잘 쓰는 법'과 '마음속 초고를 꺼내드립니다'라는 제목의 책 중 어떤 책을 읽고 싶은가? 글을 쓰려고 책상 앞에 앉아 있는 당신, 당신이 붙인 제목이 당신이라면 읽고 싶은 제목일까.

제목만 읽혀도 성공입니다

사람들은 각자 마음속으로 알고 있는
자신의 과거는 덮인 책처럼 닫혀 있고,
친구들은 단지 제목만 읽을 뿐이다.
– 버지니아 울프

책을 서너 권 출간할 때까지만 해도 사람들이 책을 구매하거나 혹은 읽기로 마음먹었을 때 얼마나 '안(혹은 못) 읽는지' 몰랐다. 나는 지금도 책을 사면 웬만해서는 끝까지 읽는 성실한 독자이다. 그런 독서 습관 때문인지 몰라도 모든 사람이 책을 읽기로 하면 대부분 완독한다고 생각했다.

세상 물정을 몰랐던 것처럼 책 세상 물정을 몰랐다. 이런 나의 순진한 추측이 깨진 건 유명 시인의 북 토크에 참여했을 때다. 정말 유명한 시인이었고, 나도 꼭 한번 만나고 싶어서 일부러 차를 몇 번씩이나 갈아타고 북 토크 현장을 찾아갔다. 거의 십 년 만에 나온 신작이라고 하니 얼마나 반가운 시집이었는지 모른다.

나는 작가의 북 토크니까 당연히 책을 읽어가야 한다고 생각해서 그 두꺼운 시집을 밤새 꾸역꾸역 읽었다.

사실 나의 독자들은 책을 완독하는 건 물론이거니와 밑줄을 그으며 두세 번씩 읽는 사람들이 많았다. 심지어 몇 페이지 몇째 줄의 의미에 관해서 묻기도 했다.

간혹 누군가가 책에 있는 내용을 질문하기라도 하면 "책에 있어요."라며 나를 대신해 답을 해주기도 했다. 이 얼마나 감사한 일인가.

하지만 이는 나의 능력이 아니라 내가 다룬 주제 때문이었을 게다. 나의 초창기 책들은 '남녀 관계'에 대한 책이 대부분이고, 그 책들은 도서관에 가 봐도 표지가 닳도록 읽힌다는 것을 알 수 있다.

그런 나였기에 다른 작가의 북 토크에 참가하려면 당연히 책을 읽어가야 한다고 생각했다.그런데 북 토크를 시작한 그 시인은 그동안의 경험과 내공으로 사람들이 책을 안 읽는다는 것을 알고 있었다.

사람들을 향해 이렇게 질문했다.

"제 책을 읽고 오신 분?"

나는 부끄러워서 차마 손을 들지 못했는데, 그 많은 사람 중에 딱 한 명이 손을 들었다. 그러나 그 시인은 전혀 당황하지 않았다.

"손뼉 쳐줍시다. 세상에 제 책을 읽으셨다니요!!!"

이렇게 단 한 명의 진정한(?) 독자를 아낌없이 칭찬했다. 그 상황에서 나는 사람들이 생각보다 책을 읽지 않는다는 것을 깨달았다.

그렇지 않고서야 그 관록의 시인이 책을 읽은 한 사람에 대해 자연스럽게 칭찬하는 분위기를 연출하지는 않았을 테니까. 그리고 그 시집은 얼마 후 베스트셀러가 되었다.

출판업계에서는 가장 많이 팔린 책은 가장 많이 안 읽힌 책이라는 말도 있다.

한마디로 판매와 독서는 별개라는 얘기다. 안타깝지만 그게 현실이기도 하고. 책의 완독률은 통계에서도 적나라하게 드러난다. 2021년 대한민국 대표 서점 예스24의 무제한 전자책 구독 플랫폼 북 클럽에서 완독률을 조사했는데, 16.4퍼센트였다고 한다. 전자책에서 자동 추적한 결과이니만큼 책을 안 읽었는데 읽었다고 대답할 수 없는 정직한 통계라 볼 수 있다. 책 세상 물정을 알게 된 나는 이제 놀랍지 않다. 어느 정도 예상한 결과니까.

나는 요즘 책 읽기나 글쓰기에 대한 강의, 독서 모임을 진행하고 있다. 소규모 그룹을 통해 사람들이 얼마나 책을 안 읽는지 실제로 체감하고 있기도 하다.

솔직하게 '다 못 읽었다'라고 말하는 경우도 많은데, 나는 그것도 읽은 거라고 칭찬한다. 그때 그 시인에게 배운 이후로는 말이다.

이렇듯 대부분 책은 제목만 읽힐 확률이 높다. 아니 제목만 읽혀도 성공이다.

그렇다고 제목만 열심히 고민하고 책의 본문은 대충 쓰자는 얘기는 절대 아니다. 작가로서 제목을 등한시하지 말자는 의미다.

솔직히 내가 열심히 쓴 글이 읽힐 확률이 낮은 건 사실이다. 다만 내 글을 읽어줄 독자를 만나는 접점이 '제목'이라는 걸 현실적으로 말하고 싶다.

만약 내 책의 제목만 봤다면 그것만으로도 정말 감사한 일이고, 제목에 끌려 조금이라도 읽어봤다고 한다면 완독이나 다름없다고 믿고 싶다.

초보 작가가 아닌 경우 자신의 책이 잘 팔린다고 해도 다 읽히지 않는다는 것을 안다. 그래서 북 토크에 참여해 보면 작가들은 독자들이 책을 읽지 않았다는 전제하에서 준비해온 이야기를 하고, Q&A 시간에 책을 읽은 독자에게 질문을 받는 형식으로 진행한다.

처음 글을 시작할 때 '내 책이 제목만 읽힐 확률은?'이라는 제목을 정하고 글을 쓰기 시작했다. 그런데 결론에 이르고 보니 '제목만 읽혀도 성공입니다'가 더 정확한 제목이라는 생각이 든다.

하지만, 처음에 제목을 정하고 쓰지 않았다면 이런 결론에 이를 수 있었을까. 내가 '제목'부터 쓰는 이유다.

제목이 끌려야 첫 문장도 읽습니다

당신은 지금 이탈로 칼비노의 새 소설 《어느 겨울밤 한 여행자가》를
읽을 참이다.
- 이탈로 칼비노, 《어느 겨울밤 한 여행자가》 첫 문장

이탈로 칼비노의 소설 《어느 겨울밤 한 여행자가》는 제목이자 첫 장의 제목이고, 첫 문장으로 바로 연결된다.

글쓰기를 가르치는 많은 사람이, 또 배우는 사람들도 '첫 문장이 중요하다'라는 말에는 이견(異見)이 없다. 그래서 첫 문장을 잘 쓰려고 노력하거나 고뇌한다.

물론 맞는 말이다. 그러나 첫 문장을 읽기 위해서는 제목부터 접해야 한다는 사실을 미처 생각하지 못한 것은 아닐까 하는 우려가 든다. 입사 원서 내는 것을 잊고 면접 준비를 하는 것처럼 말이다.

나는 어떤 장르의 예술보다 책이나 영화가 차지하는 '제목'의 비중이 상당히 크다고 생각한다.

그 이유는 제목과 실제 작품을 감상하기까지 상당한 시차가 있기 때문이다. 여기서 말하는 '시차'는 제목을 보고 실제로 작품을 감상하기까지 걸리는 시간을 의미한다.

예를 들면 그림에서는 실제로 '무제'라는 제목을 많이 쓴다. 그렇다면 왜 책은 '무제'가 없을까?

그림은 제목보다 그림이 먼저 보인다. 미술관에 가서 감상할 때도 그림부터 보고, 그림을 조금 더 알고 싶을 때 옆에 적힌 작은 글씨의 제목을 본다.

유명한 명화들의 경우 우리는 제목보다는 이미지로 기억한다. 예를 들면 고흐의 〈별이 빛나는 밤에〉라는 제목의 그림을 우리는 제목으로 기억하지 않는다. 그림을 보고 난 후에 제목을 떠올린다.

그림은 제목보다 그림이 먼저 보이는 장르의 예술이다. 김환기 화가의 〈부제〉라는 작품이 2019년 72억에 낙찰되었다고 한다. 제목이 없는데도 잘만 팔렸다.

노래는 어떨까? 노래도 미술과 비슷하게 노래 제목과 거의 동시에 들을 수 있다. 오히려 노래는 제목보다 후렴구를 기억하는 때도 많다.

아이들이 '푸른 하늘 은하수~' 노래를 부르며 손동작하는 '반달'은, 노래 제목보다 시작 부분인 '푸른 하늘 은하수~'를 제목으로 알고 있기도 하다.

그림이나 노래는 제목 유무, 혹은 제목이 잘못 알려져도 사람들 사이에서 회자하고 유명해지는 데 무리가 없다. 시도 제목과 함께 내용이 한눈에 들어오는 경우라서 무제가 있는 경우도 많지만, '무제'라는 시가 유명해진 예는 없다.

제목과 시차가 있는 예술 장르는 영화(연극, 공연 포함)와 문학(책)이다.
제목을 보고 나서 볼지 안 볼지를 결정하기에 그 작품을 접하기까지는 시간이 좀 걸린다. 게다가 그걸 다 보기까지는 더 오랜 시간이 걸린다.

영화는 책과 달리 제목 말고도 큰 변수가 있다. 바로 감독과 배우들이다. 제목도 제목이지만, 유명 배우나 자신이 좋아 하는 배우가 나오면 제목과 상관없이 보는 경우도 많다.

그리고 영화는 두 시간 정도의 상영 시간 안에 작품 감상이 끝나므로 영화관으로 사람들을 끌어들인 후에야 작품의 호불호를 쉽게 알 수 있다.

반면에 책은 어떤가. 제목을 보고, 내용을 접하고, 완독까지 가장 많은 시간이 걸리는 예술 장르이다.

어떤 사람은 하루에 완독할 수도 있지만, 어떤 사람은 짧게는 일주일, 그리고 지난번 통계에서도 봤지만 팔십 퍼센트 가량의 사람은 완독하지 않는다.

그래서 책의 마케팅을 초콜릿 마케팅과 비교하기도 한다.

초콜릿은 먹으면 바로 맛을 알 수 있고, 한 번 먹고 맛있으면 여러 번 재구매할 수 있다.

그러나 책은 한 번에 어떤 책인지 알 수 없을뿐더러 한 번 읽으면 재구매하는 경우는 거의 없다. 그러니 계속 다른 사람이 사야만 매출이 올라가는 구조다.

최근에는 재구매를 고려해서 '리커버' 버전을 내기도 하지만, 표지가 다르다고 책을 한 권 더 사는 사람을 주변에서 보지는 못했다.

요즘 청소년들은 아이돌 음반 앨범에 들어 있는 포토 카드가 다 달라서 여러 개를 한 번에 산다고 한다. 그러나 책은 대체 뭘 다르게 해야 여러 개를 사는지 고민해 보지만 쉽게 답이 나오지 않는다. 그나마 나를 위해서가 아니라 선물하기 위해 같은 책을 한 권 더 살 수는 있겠지만 책 선물 또한 그리 환영받지 못하는 게 현실이다.

최대한 빨리 판매 부수를 올려서 베스트셀러에 진입하기 위해 출판사에서는 책이 나오기 전부터 홍보를 시작한다. 책이 출간되고 나서 사람들에게 널리 확산하는 시간을 되도록 좁혀 보려는 의도다.

그래서 가제본 서평단을 모집하고, 예약 판매를 하고, 책이 나오자마자 작가와의 만남을 마련한다.

책의 홍보는 대부분 책을 읽기 전에 이뤄진다. 그래야만 최대한 빨리 사람들이 읽을 수 있으니 말이다.

많은 사람이 책을 읽지 않은 채 북 토크에 참여하고, 북 토크 후에도 과연 책을 읽을지는 미지수다. 이런 상황을 고려한다면 마케팅도 하지 못한 많은 책이 첫 문장도 읽히지 못한 채 사장되는 게 현실이다. (울고 싶다.)

도서관을 운영할 때, 도서관은 서점과 같은 상업적 공간이 아니기 때문에 책들이 공평할 거로 생각했다.

그러나 도서관도 마찬가지였다. 인기 있는 책들은 대기까지 몇 달을 기다려야 하지만, 그 많은 책이 한번 책장에 꽂히게 되면 독자를 만나지 못한 채 그대로 있었다.

정말 나라도 한 번쯤 빼서 다시 꽂아주고 싶었지만 그럴 만한 시간적 여유가 없었다. 그래서 책과 책장이 일체인 가구 같다는 생각이 들기도 했다.

이런 상황에서 '첫 문장을 잘 써야 한다.'라고 얘기하는 것은 어쨌든 독자가 책을 손에 들고 펼쳤다고 가정하는 것인데, 어쩌면 이 가정부터가 잘못되었을 수 있다.

대한 출판협회에서 조사한 출판통계에 따르면 2022년 일 년에 6만 권 가량이 출판되었다고 한다. 그렇다면 하루 167권 정도의 책이 출간되는 셈이다.

만약 내가 일 년에 한 권을 낸다고 하면 6만 권 중에 내 책의 '첫 문장이 익힐 확률'이 얼마나 될까.

다시 한 번 강조하지만, 나의 이야기는 '첫 문장은 안 중요하다'라는 얘기가 아니다. 첫 문장이 좋아야 다음 문장을 읽고, 그렇게 해서 한 권을 읽게 되는 것은 당연하다.

그러나 내가 그렇게 공들여 쓴 첫 문장이 읽히기까지 너무 많은 장벽이 있다는 사실이다. 게다가 그 장벽은 내가 허물 수 없는 것도 많다.

그래서 작가가 가장 공들이고 고민해야 할 게 '제목'이 아닐까 하는 것이다.

누군가는 제목을 백 개쯤 생각한다고 한다. 제목이 백 개는 아니더라도 '나중에 적당히'라는 태도로는 제목마저 안 읽힐 확률이 높다.

나의 피와 땀이 스며있는 첫 문장을 읽히기 위해 오늘도 '제목'을 심사숙고해야 하는 것이 먼저다.

시작은 주제를 담은 제목이면 충분합니다

순서와 단순화는 불명확한 주제를 향한 첫걸음이다.
- 토마스 만

지금까지 많은 사람이 '작품'과 '제목'을 별개로 이야기하는 경우가 많았다.

'제목'을 잘 짓는 법에 관한 이야기는 주로 마케팅 분야에서 다루었다. 그리고 그 제목은 이미 만들어진 작품이 있다는 전제하에 무엇으로 붙일까에 대한 논의였다.

그래서 작가뿐만 아니라 사람들은 제목이 작품과 무관하게 사람들의 관심을 끄는 것이어야 한다고 이해했다.

그러나 내가 이 책에서 말하는 제목은 '작가가 글을 쓰기 위한' 제목이다. 그리고 글을 다 쓰고 난 후에는 여전히 마케팅을 위한 제목이 다시 고려되어야 한다.

이는 앞에서 얘기한 대로 글을 쓰고자 하는 '생각 덩어리'에 제목을 붙이고, 그 후 글을 쓰기 위한 제목은 어떤 것이어야 하는가에 관한 이야기다.

글을 쓰는 데 영감이 되고 길이 되는 제목은 어때야 하는가.

나는 왜 글을 쓰려고 하는가? 이런 자문을 해보지 않은 작가는 없을 것이다.

일차적으로는 '하고 싶은 이야기가 있다'일 것이다. 내 안에

83

있는 정리되지 못한 생각, 응어리, 상상, 회한 등등. 그것들을 글로 적어보고 싶다는 욕구에서 대부분 출발한다.

그러다가 독자를 생각하게 되면 독자가 읽고 싶은 이야기를 해야겠다는 데 생각이 미친다. 그래서 사람들의 이야기에 귀 기울이고, 서점에서 어떤 책이 팔리나 관심 있게 본다. 또 인터넷 서핑을 하며 요즘 트렌드는 무엇인가 작가의 촉을 세워보기도 한다.

그러나 이게 전부일까? 내가 하고 싶은 이야기, 독자가 듣고 싶은 이야기, 이것에 잘 부합한다면 사람들이 많이 읽어줄까? 사람들은 '글재주'라는 단어를 글에 대한 재능으로 정의한다. 글재주가 있다, 없다? 만약에 글재주가 있는 사람이 작가가 된다면 그에겐 어떤 소명이 있는 걸까?

나는 진짜 작가란 '들어야만 하는 이야기'를 하는 사람이라고 생각한다. 사람들이 읽기 싫은 이야기라도 꼭 들어야만 하는 이야기라면 들을 수 있게 기록해야 하는 사람이라고.

마치 편식하는 아이에게 영양식을 먹이기 위해 메뉴를 개발하는 엄마의 심정으로, 독자들이 듣고 싶어 하지 않는 이야기라도 유익한 이야기라면 잘 들을 수 있게 요리해야 한다.

내가 하고 싶은 이야기, 독자가 읽고 싶은 이야기가 읽어야만 하는 이야기라면 쓰기는 쉬울 것이다. 그러나 '읽어야만 하는 이야기'를 '읽고 싶은 이야기'로 만들려면 무엇이 필요할까?

우리는 현란한 말솜씨에 현혹되는 것 같지만 실제로 담백한 말에서 본질을 찾는다. 그리고 화려한 수식어가 달린 문장이 아니라 작가의 명확한 '주제의식'에 감동한다.

이 이야기를 왜 해야만 하는지 명확한 주제의식이 없다면 이야기는 잘 전달되지 않는다.

인터넷에서 '일기는 일기장에…'라는 댓글이 가끔 달리곤 한다. 이 이야기는 형식이 '일기'라는 것을 비난하는 얘기가 아니다. 이야기에 명확한 주제가 없다는 뜻이다.

《안네의 일기》는 나치 시대의 '소녀의 일상'이라는 명확한 주제가 있고, 《키다리 아저씨》는 편지글이지만 '키다리 아저씨의 미스터리와 소녀의 성장기'라는 주제가 있다.

삼 대에 걸친 재일교포 이야기를 다룬 《파친코》의 원래 제목은 《모국》이었고, 주인공은 삼 대째인 솔로몬이었다고 한다.

원제에서는 주제가 확실히 느껴진다. 작가가 쓰고자 했던 얘기는 모국이라 부르기 어려운 모국을 가진 재일교포 3세의 이야기였을 것이다.

《바람과 함께 사라지다》의 경우 작가가 처음 지은 제목은《팬지》였다고 한다. 팬지는 다름 아닌 여주인공 '스칼렛 오하라'의 원래 이름이었다고. 그래서인지《바람과 함께 사라지다》를

보고 나면 '스칼렛 오하라'라는 인물의 강렬함에 매료된다. 작가는 주제를 담은 제목으로 이야기를 처음부터 끝까지 완성했고, 후에 출판을 앞두고 사람들을 끌어들일 수 있는 매력적인 제목으로 바꾸었다.

처음 글을 쓰기 위한 제목은 '주제를 담은 제목'이면 충분하다. 제목의 도움을 받아 끝까지 주제를 놓치지 않고 글을 쓴다면 독자들이 듣고 싶은 이야기뿐만 아니라 '들어야만 할' 이야기도 쓸 수 있을 것이다.

나는 지금 이 시점에서 미래의 독자인 당신을 위해 책을 쓰고 있다. 만일 이 글을 읽은 후에 당신이 글을 쓴다면 나는 당신의 미래 독자가 될 것이다.

글을 쓰게 하는 제목은 따로 있습니다

나는 시의 시작 부분에 친근함과 환대를 놓아두려고 한다.
제목과 처음 몇 줄은 독자를 안으로 초대하는 일종의 환영 카펫이다.
- 빌리 콜린스

미국의 유명한 계관 시인 '빌리 콜린스'는 제목이 독자를 환대한다고 말했다. 그렇다면 독자가 아닌 작가를 환대하는 제목은 과연 어떤 것이 있을까?

책 제목의 유형은 간단하게 정리할 수 있다. 사람 이름이나 사물의 이름인 '한 단어', 두 단어 이상이 결합한 '단어의 연결', 그리고 '문장'으로 된 제목이다.

이 중에서 작가를 환대하는 즉, 작가가 글을 쓰게 하는 제목은 어떤 것이 있을까?

처음부터 '한 단어'의 제목은 붙이기 어렵다. 그러나 의외로 한 단어 제목의 책이나 소설들은 많다.

우선 〈소나기〉(황순원), 〈별〉(알퐁스 도데), 〈알레프〉(보르헤스), 〈인연〉(피천득), 《하얼빈》(김훈) 등의 제목들이 떠오르는데, 왠지 이 제목들은 다시 재사용될 확률이 희박하다.

이 제목을 그대로 다시 쓴다고 하면 첫 번째 저자들의 작품에 묻힐 가능성은 백 퍼센트다.

그리고 《하얼빈》(김훈)도 원래 제목은 《하얼빈에서 만나자》였는데, 출간 전에 줄였다고 하니 한 단어의 제목은 탈고 후 다

듣거나 새로 만들어진 경우가 많을 것이라고 추측한다.

거북이가 주인공인 그림책 《슈퍼거북》(유설화)도 처음 제목은 《슈퍼스타 K 거북》이라는 다소 긴 제목이었으나, 출간 전에 한 단어로 줄였다고 한다.

참고로 한 단어는 사람의 이름인 경우가 꽤 있다. 《완득이》(김려령), 《오싱》(하시다 스가코), 《안나 카레니나》(톨스토이), 《모모》(미하엘 엔데) 등.

만약에 인물 중심의 이야기를 쓴다면 사람 이름을 제목으로 정하고 써도 좋을 것 같다.

필자의 전작 소설 《딱 그놈과 결혼을 이루다》에서 '이루다'가 사람 이름이고, '딱 그놈과 결혼을'은 작은 글씨로 표지에 썼다. 《이루다》가 필자가 글을 쓸 때의 제목이고, 출간될 때 출판사에서 '딱 그놈과 결혼을'을 붙였다.

지금 인터넷 서점에서 검색해 보니 '이루다'로만 검색하면 결과가 2천 건이 넘는다. 역시 출판사에서 이름 앞에 수식어를 넣기 잘한 것 같다.

작가를 환대하는 제목은 '두 단어'부터가 아닐까 생각한다.

그중에는 두 단어를 연결해 주는 '~의'가 들어가는 경우가 많다. 최근 베스트셀러 《아버지의 해방일지》가 그 대표적인 예다.

드라마 〈나의 해방일지〉에서 따온 느낌이 강하다. 〈나의 해방일지〉의 작가 박혜영은 전작도 제목이 〈나의 아저씨〉였던 것으로 보아 '~의'를 잘 활용하는 작가인 것 같다.

'~의'가 들어가는 제목은 정말 많다. 《세이노의 가르침》(세이노), 《폭풍의 언덕》(에밀리 브론테), 《구의 증명》(최진영), 《채털리 부인의 연인》(데이비드 허버트 로렌스) 등.

이처럼 본인이 쓰려는 글에 대한 제목을 '~의'를 넣어 붙여 보는 것도 하나의 방법이다. 독자를 환대하기 전에 작가를 환대하는 제목으로 말이다.

다음 글에서는 조금 더 다양한 단어의 결합으로 작가를 환대하고 영감을 주는 제목에 관해 알아보기로 한다.

《불편한 편의점》이 《편의점 인간》보다
좋은 제목입니다

제목은 한 단어가 아닌 것이 좋다.
제목을 붙이려고 할 때는 무언가 말해 보는 것이 좋다.
– 데미안 허스트

작가를 환대하는 제목의 형식으로 '~의'가 들어가면 어떨까 얘기했다면, 이번에는 작가에게 영감을 주는 제목으로 전혀 상반된 것을 엮는 역설적 방법을 소개하고자 한다.

현재 베스트셀러 중 하나인 《문과 남자의 과학공부》가 바로 역설적인 조합이다. 문과 남자의 과학 공부는 어울리지 않지만, 이 둘이 결합함으로 인해 강력한 메시지를 전달한다.

이미 저자인 유시민이 유명하므로 《유시민의 과학공부》라고 해도 될 것 같지만, 과학과 대조적인 문과 남자라는 단어를 사용한 것이 이 제목에 끌리는 큰 이유이다. 거기다 과학이 어려운 이에게 문과 남자가 한다고 하니 '나도 할 수 있겠다'라는 접근성을 제공하는 제목이기도 하다.

한국을 비롯해 전 세계적으로도 유명해진 (최근 여행한 태국, 일본 등의 서점에 들어서면 진열대에 눈에 띄게 잘 진열되어 있다) 《불편한 편의점》도 모순적 꾸밈말이 붙은 경우다.

편의점이 편한 곳인데 '불편한'이라니. 김호연 작가도 제목을 먼저 정하고 쓴다고 했다. 일본 작가 무라타 사야카의 《편의점 인간》이란 제목도 편의점과 인간이 결합한 역설적 제목이라고 생각했는데, 그 이후에 나온 《불편한 편의점》이 더 끌리는 제목임은 두말할 나위가 없다.

물론 주제는 같은 편의점이다. 그러나 《편의점 인간》은 편의점처럼 인간이 변해가는 과정을 이야기하는 소설이고, 《불편한 편의점》은 제목대로 불편한 편의점이 어떻게 사람들을 치유하고 용기를 북돋아 주는가에 관한 이야기이다.

이기주의 《언어의 온도》도 '언어'라는 단어와 '온도'라는 단어가 이질적이지만, 결합했을 때 강한 힘이 느껴진다. 책에서는 언어 온도에 대해 일관적으로 얘기하고 있다.

고전인 서머싯 몸의 《달과 6펜스》도 이상을 상징하는 달과 물질을 상징하는 6펜스가 결합하였다. '이상과 현실'이라는 제목보다 훨씬 근사하다.

또 동화 《미녀와 야수》도 이질적인 결합으로 오랜 생명력을 가진 제목이다.

내가 쓴 책 중에서도 이런 역설적인 제목의 책이 있는데, 《사랑보다 나를 더 사랑하라》가 그것이다. 처음 생각한 제목과 다른 제목이 붙어 출간된 유일한 책이기도 하다.

'그 남자보다 나를 더 사랑하라'라는 의미를 전달하고 싶은데, '사랑보다 나를 더 사랑하라'라는 식으로 다소 모순되어 보이는 제목을 달았다.

최근 신간 중에 《문장의 맛》 원제는 '수사학의 요소(Elements of Eloquence)'이다. '문장'과 관계가 멀어 보이는 '맛'이 결합하여 문장을 잘 쓰고 싶은 사람이라면 한 번쯤 읽어보고 싶은 마음이 들게 만든 제목이다. (이미 나도 장바구니에 담아 놓았다.)

브런치 스토리에서 인기를 끌어 책으로도 출간된 《손을 꼭 잡고 이혼 중입니다》. 손을 꼭 잡는 것과 이혼의 상반된 제목의 결합이 많은 이의 눈길을 사로잡았다.

지금 쓰려는 글이 있다면 다소 이질적인 두 가지를 결합한 제목을 붙여보자. 그러면 그 제목 덕분에 영감이 폭발할 수도 있을 것이다.

오, '영감의 빅뱅' 이것도 이질적 결합의 강력한 제목이 되지 않을까?

제목에 자주 쓰이는 단어가 있습니다

지혜는… 나이에서 저절로 나오는 것이 아니라
교육과 배움에서 나옵니다.
- 안톤 체호프

제목에 유독 많이 쓰이는 단어가 있다.

그 이유는 작가와 독자 양 측면에서 설명할 수 있다. 일단 독자 입장에서는 마음이 끌린다. 작가로서는 최고가 되면 좋겠지만, 아니더라도 무난한(중박 정도는 하는) 제목이라고 생각했을 것이다.

주관적 의견일 수도 있겠지만 제목에 많이 쓰이는 단어 중의 하나는 '수업'이 아닐까 싶다. 어렸을 때 교과서에도 나왔지만, 알퐁스 도데의 단편 소설 〈마지막 수업〉의 영향이었을까. '수업'이라는 단어가 책 제목에서 눈에 많이 띈다. 《인생수업》, 《라틴어 수업》, 《자존감 수업》, 《엄마 수업》, 《강신주의 감정 수업》, 《김미경의 마흔 수업》, 《작가 수업》, 《쿠키 한입의 인생 수업》, 《사랑 수업》, 《배우 수업》, 《부모 인문학 수업》, 《초등 자존감 수업》, 《최성애의 행복 수업》, 《문해력 수업》, 《외로움 수업》 등등.

전 연령은 물론이고, 각 분야에서 '수업'이란 단어가 붙은 책이 거의 다 있다고 해도 과언이 아니다. 그리고 제목에서 끝나지 않고 부제에 '수업'이란 단어가 달린 책도 많다.

《모리와 함께 한 화요일》에는 '살아 있는 이들을 위한 열네 번의 인생 수업'이라는 부제가 달려 있고, 《내가 틀릴 수도 있습니다》에는 '숲속의 현자가 전하는 마지막 인생 수업'이라는 부제가 달려 있다.

이쯤 되면 '수업'이란 제목에 붙이는 마법의 단어가 아닐까 싶다. '인생 수업'이라는 단어로만 검색해도 삼백 권 가까운 책이 나온다.

'수업'이란 제목을 붙이고 또 그 책을 사는 이유가 교육열이 높은 한국이기 때문일까. 그러나 나는 교육열에서 한 걸음 더 나아가 드는 생각이 있다.

교육열 때문인지 '독학'에 대한 사람들의 동경이 꽤 큰 편이다. 부모님의 지원으로 좋은 대학에 입학한 경우보다 '독학'으로 합격했다고 했을 때 더 훌륭한 사람으로 치부한다. 스포츠는 좋은 감독 밑에서 훈련받아 금메달을 따면 감독도 훌륭하다고 해주는데 말이다.

그렇다면 '독학'이란 무엇인가?

독학은 혼자 공부하는 것으로, 사람에게서 배우지 않고 '책'으로 공부하는 것을 말한다. 그렇다면 책도 없이 과연 독학이 어떻게 가능하단 말인가.

하긴 요즘이라면 인강도 독학의 개념에 포함되지만, 예전에는 오로지 책이었다. 그래서 훌륭하다고 생각하는 '독학'에는 책이 빠질 수가 없다.

아마 그래서일 것이다. 공부한다고 할 때 학원 수업을 등록하는 사람도 있지만, 그 비슷한 숫자로 책을 구입할 것이다. 아니 책부터 사고 혼자 할 만한 지 가늠해 본 뒤 어렵다고 생각되면 그다음에 학원을 찾아보는 사람도 있을 터.

이런 독특한 한국 문화 때문에 '수업'은 제목에 자주 쓰이는 단어가 되었을 것이다. 하지만 나는 아직 '수업'이란 제목을 써본 적이 없는 것 같다.

지금 쓰고 있는 이 책의 부제를 '막힌 글이 술술 풀리는 39가지 수업'으로 하면 어떨까 생각해 본다. 글쓰기를 마칠 때쯤이면 과연 이 책의 제목은 무엇이 될지. 부제와 제목이 바뀔 수도 있으니 말이다.

행운을 가져다주는 제목이 있습니다

행운은 홀수에 있습니다.
- 윌리엄 셰익스피어

책 제목에 숫자가 들어간 경우는 생각보다 많다.

초대형 베스트셀러인 《성공하는 사람들의 7가지 습관》이 떠오르는데, 올해 30주년이라고 한다. 숫자 1을 넣은 《끌리는 사람은 1%가 다르다》도 있고, 같은 저자인 이민규의 책으로 《1%만 바꿔어도 인생이 달라진다》도 있다.

숫자가 들어간 책이 자기 계발서에만 있는 건 아니다. 헬렌 켈러의 《사흘만 볼 수 있다면》, 파울로 코엘료의 《11분》도 있다. 숫자가 좀 커진다면 《그레이의 50가지 그림자》, 《회사가 당신에게 알려주지 않는 50가지 비밀》, 《식빵을 먹는 99가지 방법》, 《순도 100%의 휴식》 등이 있다.

시집으로는 《백석 시, 백 편》 이렇게 아예 시의 편수를 제목으로 하기도 하고, 많은 숫자로는 《일만 번의 다이빙》이란 소설 책도 있다.

한편, 숫자를 넣어 쓰는 제목은 나이가 주제인 경우일 때가 의외로 많다.

최근 나온 《김미경의 마흔 수업》, 장재형의 《마흔에 읽는 니체》, 김혜남의 《서른 살이 심리학에게 묻다》가 있고, 필자의 연애 심리학책인 《서른, 연애할까? 결혼할까?》도 있다.

실제로 숫자들은 책의 제목도 제목이지만 부제에서 많이 활용하고 있다.

《은유의 글쓰기 상담소》는 '계속 글을 쓰려는 사람들의 48가지 이야기'라는 부제가 달려 있다. 《한밤중의 심리학 수업》이라는 책에는 '행복한 나를 만드는 32가지 심리 법칙', 《강원국의 진짜 공부》에는 '10대를 위한 30가지 공부 이야기', 《나는 죽을 때까지 새미있게 살고 싶다》에는 '멋지게 나이 들고 싶은 사람들을 위한 인생의 기술 53'이라는 부제가 각각 달려 있다.

이렇듯 숫자는 제목부터 부제까지 시, 소설, 자기 계발, 에세이 장르 불문 다양하게 활용되고 있다. 그리고 홀수가 주로 사용되는 편이다.

십 단위에서도 앞 숫자가 홀수인 경우가 많다. 셰익스피어가 행운이 홀수에 있다고 한 말이 나름 과학적 근거가 있었던 게 아닌가 싶다.

나도 이 책의 부제를 '막힌 글이 술술 풀리는 39가지 수업'이

라고 붙이면 어떨까 생각 중이다. 그렇다면 나는 39편을 쓰면
된다. 이렇게 제목으로 어느 정도의 분량을 쓸지도 가늠할 수
있다.

제목을 고심하고 있다면 숫자를 활용해 보자.

**특히 홀수에는 사람을 끄는 힘이 있어 행운이 있다고 할 수도
있겠다. 필자를 믿지는 못해도 셰익스피어는 믿어보시길.**

문장으로 된 제목을 지어봅시다

제목에는 책의 주제를 명확하게 나타내는 지배적인 단어가
포함되어야 합니다.
인간의 본성을 제목에 넣으면 좋습니다.
실제 생활과 책이 연결되도록 모든 노력을 기울여야 합니다.
그렇지 않다면 보통 사람의 로맨스, 모험, 즐거움에 대한
욕망을 담아야 합니다.
- 홀드먼 줄리어스

처음부터 강조했지만 내가 말하는 제목은 잘 팔리는 제목이 되기 전에 '글을 쓰기 위한' 제목이다.

내가 글쓰기 수업을 하면서 '제목 쓰기'를 강조하게 된 이유는, 막연한 글쓰기로 인한 어려움과 그로 인한 시간 낭비를 줄이기 위해서다.

글을 쓸 때는 분명히 내가 왜 이 글을 써야 하는지 이유가 있고, 하고 싶은 이야기도 있다. 그런데 그 이야기를 모호하고 두루뭉술하게 쓰는 경우가 의외로 많다.

그렇게 되면 본인도 무슨 글을 썼는지 모르고, 또 읽는 사람도 이해하기가 어렵다. 그 이유는 글에서 '주제'를 제대로 표현하지 못했기 때문이다.

나는 모든 글에는 '주제'가 있어야 한다고 생각한다. 주제가 없는 글은 읽을 때는 재미있을지 몰라도 읽고 난 뒤에는 아무것도 남아 있지 않다.

물론 글을 읽고 꼭 무엇인가 남아야 하냐고 반문할지도 모르겠다.

그러나 독자의 처지에서 생각하면 이해하기 쉬울 것이다. 소

중한 시간을 투자해서 글을 읽었는데 재미, 감동, 정보 등 어
느 하나 남는 게 없다면 나만 손해 본 느낌이 들지 않겠는가.
사회가 발전할수록 개인의 시간을 뺏는 것이 너무 많아졌고,
해야 할 일뿐 아니라 심지어 놀 것도 많아졌다. 그래서 우리는
무언가 이득이 없다면 '시간 낭비'라고 단정하기 쉽다. '차라
리 그 시간에 잠을 자는 게 낫다'라고도 생각할 정도니까.
'기회비용'이라는 경제적 용어를 따로 말하지 않더라도 현대
인의 생활 속에는 '가성비'나 '가심비'라는 일상용어가 있지
않은가.

글쓰기 시작이 어렵다고 하는 사람들에게, 혹은 글 쓰다가 막
혔다고 하는 사람들에게 나는 슬쩍 '제목부터 써보라'라고 조
언한다. 그러면 의외로 뚝딱 글 한 편을 쓰거나 막힌 글이 술
술 풀리는 경우도 많다. '제목'에 관한 유형을 길이로 정리하
자면 한 단어, 두 단어, 문장이 있을 수 있다. 이 중에 '문장 제
목'이 글을 쓸 때 도움이 많이 될 것이다.
문장 제목은 말 그대로 문장을 제목으로 쓰는 걸 의미하는데
이 경우에도 유형이 있다.

가장 편하게 글 쓸 수 있는 제목은 '평서문'일 것이다.

에버랜드의 귀염둥이 판다 푸바오 책의 제목은 《푸바오, 매일 매일 행복해》이다. 세대간의 격차에 대해 쓴 《90년대생이 온다》, 《죽어도 떡볶이는 먹고 싶어》는 죽음과 떡볶이를 연결한 문장으로 사람들에게 제목부터 강렬한 인상을 남겼다.

그리고 요즘에는 《나는 메트로폴리탄 미술관의 경비원입니다》, 《나는 고슴도치 엄마 이재은입니다》 등의 자신을 설명하는 제목도 많이 있다.

제목으로 많이 쓰이는 두 번째 문장은 '명령문'이다.

《위대한 기업에 투자하라》, 《말하듯이 써라》, 《사랑하라, 한 번도 사랑받지 않은 것처럼》, 《생각하라 그리고 부자가 되어라》, 《단순하게 살아라》, 《힘든 일을 먼저 하라》, 《내가 가진 것을 세상이 원하게 하라》 등등.

이 경우는 제목에 주제도 확실하고 전하고자 하는 메시지도 정확하다. 그리고 또 즉각적으로 독자에게 행동하게 하는 힘이 담겨 있다.

세 번째 문장은 바로 '의문문'이다.

의문문의 경우는 스스로 답을 찾기 어려울 때 제목으로 쓰기 좋다. 글을 써가는 것과 답을 찾는 여정이 동시에 진행된다. 《그 많던 싱아는 누가 다 먹었을까》, 《우리의 시간은 공평할까》, 《나는 어떻게 삶의 해답을 찾는가》, 《누구를 위하여 종은 울리나》, 《제목은 뭐로 하지?》, 《누가 내 머리에 똥 쌌어?》, 《누가 버지니아 울프를 두려워하는가》 등이 있다. 독자에게도 호기심을 불러일으킬 수 있는 좋은 유형이다.

내가 쓴 《인어공주는 왜 결혼하지 못했을까?》는 인어공주 동화에 의문을 던지는 제목으로 남녀 관계 부문에서 베스트셀러였고, 현재도 십여 년이 넘게 팔리는 스테디셀러이다.

지금까지 '제목부터 써라'에서 다룬 이야기는 글을 쓰기 위한 제목이었고, 글을 다 쓴 후의 제목은 주제도 잘 담아내면서 사람들의 시선을 끌 제목으로 바뀌어야 할 수도 있다. 그때의 제목은 마케팅과 비즈니스의 영역이 된다.

그렇지만 영감과 구상은 언제나 작가가 맨 처음 붙인 제목에서 출발한다는 것을 기억하자.

3장 _
첫 문장부터 마지막 문장까지

첫 문장은 다이빙하듯 뛰어드세요

뛰어내림으로써 나 자신을 증명하고 후퇴와 성장을 반복하고 있다.
– 이송현, 《일만 번 다이빙》 중에서

글쓰기 수업 중 첫 문장에 대해 강의를 할 때 도입부의 소소한 즐거움을 위해 퀴즈를 낸다. 여러분도 한 번 맞춰 보시기를. 다음은 어느 소설의 첫 문장일까요? (정답은 이 글 끝에 있다.)

- 아무래도 좋됐다.
- 행복한 가정은 모두 모습이 비슷하고, 불행한 가정은 모두 제각각의 불행을 안고 있다.
- 어느 날 아침 문득, 정말이지 맹세코 아무런 계시나 암시도 없었는데, 불현듯 잠에서 깨어나는 순간 이렇게 부르짖었다.
- 영원한 회귀란 신비로운 사상이고, 니체는 이것으로 많은 철학자를 곤경에 빠뜨렸다.
- 버려진 섬마다 꽃이 피었다.
- 내 이야기를 하자면, 훨씬 앞에서부터 시작해야 한다.
- 차라투스트라는 서른이 되었을 때 고향과 고향의 호수를 떠나 산으로 들어갔다.
- 오늘 엄마가 죽었다.
- 아내가 채식을 시작하기 전까지 나는 그녀가 특별한 사람이

라고 생각한 적이 없었다.

- 역사는 우리를 저버렸지만, 그래도 상관없다
- 나는 그 사나이의 사진을 석장 본 적 있다.
- 나는 37살이었고, 그때 보잉 747기의 좌석에 앉아 있었다.

첫 문장을 잘 써야 한다는 데는 이견이 없는 것 같다. 다만, 첫 문장에 대한 부담으로 글쓰기가 어렵게 여겨질 때는 첫 문장이 평범해도 괜찮으니 일단 시작하라고 한다.

그런데 독자 관점에서 한번 생각해 보자. 처음 책을 펼쳤을 때 첫 문장부터 읽을 수도 있다.

그러나 대부분 사람은 책을 읽을 때 눈에 들어오는 뭉텅이 즉, 단락으로 읽을 때가 많다는 점이다. 따라서 첫 문장이 강렬하고 흡입력 있는 경우도 좋지만, **일단 첫 단락 자체가 흥미진진해야 할 것이다.**

참고로 첫 문장의 강력한 인상으로 회자되는 작품들이 있다.
"아무래도 좋됐다." 아무래도 이 첫 문장은 도저히 입으로 전달할 수 없는, 그러나 다시 나올 수 없는 첫 문장이다. 영화로도 만들어졌던 《마션》(앤디 위어)의 첫 문장이다.

감히 누가 이런 문장을 소설의 첫 문장으로 시작하려 했을까. 이후에는 이 문장으로 시작하면 바로 표절의 시비가 걸릴만한 표현이다. 아주 흔한 구어적 표현임에도 불구하고.

"행복한 가정은 모두 모습이 비슷하고, 불행한 가정은 모두 제각각의 불행을 안고 있다."라는 《안나 카레니나》(톨스토이)의 첫 문장으로 유명하다. 얼마나 많은 사람이 이 문장을 가정이나 혹은 외도에 관해 얘기할 때마다 인용했는지 모른다.

김훈은 《칼의 노래》에서 "버려진 섬마다 꽃이 피었다."에서 '꽃이 피었다'로 쓸 것인지 '꽃은 피었다'로 쓸 것인지 여러 번의 퇴고 끝에 '꽃이 피었다'로 썼다고 한다.

얼마 전 타계한 밀란 쿤데라가 쓴 《참을 수 없는 존재의 가벼움》은 "영원한 회귀란 신비로운 사상이고, 니체는 이것으로 많은 철학자를 곤경에 빠뜨렸다."라고 시작한다. 소설이지만 니체의 사상으로 시작하는 범상치 않은 작품임을 시작부터 보여주고 있다.

이런 이야기를 듣다 보면 '첫 문장은 역시 중요해'라는 생각이 자연스레 든다. 그러나 막상 글을 쓸 때면 자신이 첫 문장을 잘 시작하고 있는지 아리송할 때가 있다. 그럴 때면 나는 이렇게 이야기한다.

"첫 문장은 다이빙하듯 써라."

우리는 흔히 글을 쓸 때 이 책을 읽는 독자의 마음은 잊은 채 내 생각대로 시작한다. 그러다 보면 서두는 자연스럽게 늘어질 수밖에 없다. 이 얘기도 해야 하고, 저 얘기도 해야 할 거 같은 느낌.

그리고 무엇보다 결정적으로 스스로 자신이 없어 한다. '이렇게 써도 될까?' 하고 말이다.

그럴 때 '다이빙' 하듯 물속으로 뛰어 들어간다는 마음가짐을 갖자는 것이다.

보통 물에 들어갈 때 찬물이든 뜨거운 물이든 한 번에 들어가지 못한 채 손도 넣어보고 발도 담가보고 망설인다. 그런데 그걸 보고 있는 사람은 답답하다. 보는 사람으로서는 높은 곳에서 물속으로 다이빙하는 모습이 정말 시원하다.

처음 시작할 때 '첫 문장'을 잘 써야 한다는 막연한 생각보다 다이빙하듯 시작한다고 생각하자.

물속으로 추락하는 것 같지만 추락이 즐거움이 되고, 스포츠가 되고, 예술이 된다. 그리고 보는 사람 처지에서도 순식간에 빨려 들어가는 흡입력이 있다.

그러나 첫 문장은 첫 문장 자체로 존재할 수 없다. '제목'과 '주제'가 맞아떨어져야 함은 물론이다.

제목에서 눈길을 끌었다면 첫 문장에선 독자의 뇌를 울리거나, 눈을 울리거나, 마음을 울려야 한다. 그래야 다음을 읽을 테니까.

• 1. 《마션》(앤디 위어) 2. 《안나 카레니나》(톨스토이) 3. 《모순》(양귀자) 4. 《참을 수 없는 존재의 가벼움》(밀란 쿤데라) 5. 《칼의 노래》(김훈) 6. 《데미안》(헤르만 헤세) 7. 《차라투스트라는 이렇게 말했다》(니체) 8. 《이방인》(카뮈) 9. 《채식주의자》(한강) 10. 《파친코》(이민진) 11. 《인간실격》(다자이 오사무) 12. 《상실의 시대》(무라카미 하루키)

글쓰기의 적당한 노출은 비키니를 상상하세요

고대부터 작가의 임무는 변하지 않았습니다.
작가는 좀 더 나은 세상을 위해 우리의 많은 결점과 실패를 드러내고,
우리의 어둠과 위험한 꿈을 빛으로 끌어올리는 책임을 지고 있습니다.
- 존 스타인백

"어디까지 나를 노출해야 하나요?"

글쓰기 수업을 할 때 글쓰기와 직접 연관이 없어 보이는 이 질문을 꽤 많은 수강생이 한다.

지금은 상관없지만 나 역시 글을 처음 쓸 때 이 부분이 어려웠다. 내가 많이 노출되는 게 부끄러웠고, 주변 사람들이 내 글에 등장하는 것도 조심스러웠다.

그런데 수년간의 경험을 통해 내린 결론은, 사람들은 의외로 타인에게 관심이 없다는 것이다. 물론 그 반대의 경우도 있지만, 전자의 경우가 더 많았다.

그렇지만 나는 이 질문에 절대로 가볍게 답하지 않는다. 왜냐면 이런 고민을 하는 그 자체로 불안함이 글에 드러나기 때문에 보다 명료한 작가의 생각을 쓰기 위해 이렇게 대답한다.

"절대로 무리하지 마시고, 노출할 수 있는 만큼만 하세요."

이 대답을 들은 수강생들은 일단 안심하고 글쓰기를 한다. 결과적으로 볼 때 적절한 노출이란 생각이 들 정도로 잘 조절하는 것 같다. 어찌 보면 노출의 양보다 노출 자체에 관한 걱정이 글쓰기를 더 자신 없게 만드는 것일 수도 있다.

내가 처음 글쓰기를 시작할 때는 '에세이' 수업이 없었다. '시' 수업을 듣느냐 아니면 '소설' 수업을 듣느냐 두 가지 선택뿐이었다.

당시 내 생각으로 시는 못 쓸 거 같고, 대학교 재학 중에 소설로 상을 받았으니 고민할 것도 없이 '소설반'에 등록해서 6개월쯤 수업을 들었다. 그 후에는 문학상 응모도 하고, 출간 투고도 하면서 책을 출간했다.

그 당시만 해도 '에세이'를 배워야 한다는 인식이 없었다. 시인이나 소설가가 시나 소설 대신 쓰는 장르라는 이미지가 강했고, 딱히 배워야 할 기법도 없다는 암묵적 동의가 있었던 것 같다.

요즘에는 개인적 글쓰기가 많이 발전해서 글쓰기를 배우는 장르도 다양해지고 있다. '치유 글쓰기', '서평 쓰기', '블로그 쓰기', '그림책 쓰기' 등 시, 소설 외에 다양한 장르의 글쓰기 수업이 개설되고 있다.

나 또한 주로 '서평 쓰기' 수업을 하는데, 서평을 쓰다 보면 자신의 얘기가 나올 수밖에 없다. 그러면 자신의 신상이나 과거,

주변 사람들 어디까지 노출해야 좋을지 고민이 되는 건 당연
하다. 내용도 내용이지만 글을 써서 발표하는 게 부끄럽기도
하고.

수업 시간 자신이 쓴 글을 다른 수강생들 앞에서 읽거나, SNS
에 글 올리는 게 부담스러운 마음을 아주 적절하게 표현하자
면 '발가벗겨진' 느낌이라고나 할까.

이때 비유로 해주는 말이 '비키니를 입는 마음'으로 글을 쓰라

는 것이다.

우리는 모델이나 여배우의 비키니 입은 사진을 볼 때 노출이 심하다고 생각하기 전에 '예쁘다'라고 먼저 생각한다. 그 정도는 일반적으로 쉽게 볼 수 있는 사진이기도 하니까.

그리고 모델이나 여배우로서는 비키니 입는 일을 일로 느끼기에 부담스럽지 않을 수 있다. 물론 그러기 위해서 열심히 몸매 관리를 하는 것처럼 글을 쓰는 우리도 글쓰기 능력을 키워서 남들에게 잘 읽히게 하는 것이 중요하다.

'자기 노출'이란 발가벗은 것도 아니고 또 온몸을 꽁꽁 싸매는 것도 아닌, 예쁜 몸매를 드러낼 수 있는 비키니를 입는 것이 아닐까.

또한, 내가 생각하는 노출과 독자가 생각하는 노출의 차이를 인식하는 것도 중요하다. 내가 노출이라고 걱정했던 걸 독자들은 충분히 공감할 수도 있으니 말이다.

이처럼 공감이 되는 순간, 노출은 더 이상 노출이 아니라 '문학'이 된다. 존 스타인 백의 말처럼 부끄럽다고 생각했던 나의

실수와 실패의 경험들이 '문학'이란 이름으로 드러난다면 좀
더 나은 세상을 바꾸는 데 도움이 될 것이다.

구체적으로 쓴다는 건 흐린 유리창을 닦듯이

달이 빛난다고 말하지 마세요.
깨진 유리에 반짝이는 빛을 보여주세요.
– 안톤 체호프

유리창은 흐려도 잘 보인다. 그렇지만 닦으면 더 잘 보인다.
우리의 눈도 흐린 유리창에 적응한 탓일까. 닦은 유리창을 보
면 원래 이토록 선명했나 싶을 정도로 시야가 확 트인다.
특히 자동차 앞유리가 그렇다. 매일 운전석에 앉아서 보는 유
리창이 조금 뿌연 것 같아 워셔액으로 닦으면 창밖 풍경은 훨
씬 명료해진다.
누구나 이런 경험이 한번쯤은 있었을 것이다. 그저 이만큼이
최선이려니 하다가 조금 더 무언가를 했더니 이전과 다른 결
과에 놀라는.

글 쓰는 방법의 하나로 '구체적'으로 쓰라는 말이 자주 나온
다. 영어로는 'Don't tell, Show!'라고 유명한 문장도 있다.
그러나 이 '구체적'이라는 말도 사람에 따라 자신만의 기준이
다르다. 유리창이 흐린 줄도 모른 채 잘 보인다 생각하듯이 자
신은 정작 구체적으로 썼다고 생각하기 때문이다.
**나는 강의를 할 때 이 구체적이란 말을 '정확하게, 명료하게
써라'로 바꿔 얘기한다.**
사람들은 자신도 모르게 부정확한 표현을 많이 쓴다. 예를 들

면 "나는 음악을 들으며 책을 읽었다."라고 쓰는 경우가 많다.
바로 이 상태가 흐린 유리창이다. 보이기는 하지만 선명하지
않다. 그리고 독자도 별생각 없이 넘어간다.

혹은 "나는 클래식 음악을 들으며 소설책을 읽었다." 이런 예
도 있다. 이 정도면 구체적일까? 아니다.

"나는 하이든의 현악 4중주 〈황제〉를 들으며 《위대한 개츠비》
의 3부 첫 페이지를 읽고 있었다."

이 문장에서는 음악이란 단어도, 책이란 단어는 나오지 않는다. 그러나 더 생생하게 전달된다.

그 이유는 정확하기 때문이다. 음악이라면 누구의 어떤 음악인지, 책이라면 어떤 제목의 책인지 쓰는 게 바로 흐린 유리창을 닦는 일과 같다.

그렇다면 작가란 클래식 음악도 알아야 하고 소설 제목은 다 알아야 하느냐고 반문할지 모르겠다. 이는 작가라서가 아니라 생활 태도라고 생각한다.

음악을 들을 때 듣기 좋은 음악이라면 제목을 찾아보고 누가 작곡했는지 알아보며 기억해 두는 것, 자신이 읽은 책이라면 제목과 내용 정도는 기억해야 하는 건 당연하다.

자신의 주변 사람들, 물건들, 예술에 관해서 그냥 지나치지 않고 기억해 두려는 일상적이고 사소한 노력이 글을 정확하게 쓸 수 있게 해준다.

이 정확함이 곧 구체성으로 나타나고, 구체적일 때 독자들의 마음에 울림을 남긴다.

사람을 표현할 때도 마찬가지이다.

"어제저녁에 어떤 여자가 나를 지나갔다."

이렇게 쓴다면 세계 인구의 반이 여자인데, 그중 한 명이라는
아주 모호한 표현이 된다.
물론 이름도, 나이도, 사는 곳도 모를 수 있다. 그렇지만 내가
본 상항에서는 얼마든지 정확하게 표현할 수 있다.

*"어제저녁 카페 앞에서 머리가 길고 걸음걸이가 경쾌한 여자
가 나를 스쳐 갔다."*

이렇게 쓴다면 세계의 반인 여자가 아니라 적어도 어제 내가
본 특정 여자가 된다.

인류에 관해서 쓰지 말고 인간에 관해서 쓰란 말이 있다.
이 말은 소재의 구체화가 사람들에게 와 닿는다는 의미로 그
만큼 정확하게 쓰라는 뜻이다.

이웃집 사람이라고 하더라도 위층 사람인지 아래층 사람인지 아니면 옆 동 사람인지에 따라 인물에 대한 생동감이 생긴다. 모호한 표현의 문장들은 스쳐 간다. 그렇지만 정확한 표현은 독자의 시선을 붙잡고 마음을 울릴 것이다.

묘사와 설명을 구별하세요

독자들에게 모든 것을 보여주고,
아무 것도 말하지 마세요.
- 헤밍웨이

소설을 쓰고 싶다는 수강생 J가 있었다.

개별첨삭 하려고 글을 읽어보니 '묘사'는 하나도 없이 오로지 설명으로만 쓰여 있었다. 그래서 나는 그에게 "묘사가 없네요."라고 말했더니 수강생 J가 이렇게 말하는 게 아닌가.

"묘사가 뭐에요?"

나는 오랜 기간 글을 써서 당연히 소설에는 묘사가 많이 쓰인다는 것을 알고 있었다. 하지만 이제 막 글쓰기를 시작하는 J는 전혀 모르고 있는 것 같아 친절히 설명했다.

"'Don't tell, Show! (말하지 말고 보여줘라.)'라는 유명한 말이 있듯이, 당신이 쓴 글은 지금 전부 설명글이다. 소설을 쓰려고 한다면 상황을 보여주는 생생한 묘사가 필요하다."라는 말을 시작으로 평소에 읽었던 소설을 떠올려 보라고 했다.

아주 간단히 설명과 묘사를 비교해 보자.

나는 아침 일곱시에 일어났다. 아침을 먹고 전철을 타고 출근을 했다. 컴퓨터를 켜니 메일이 많이 와 있었다. 커피 한 잔을 하고 메일 답신을 시작했다.

흔히 쓰는 설명글이다. 아래를 읽어 보자.

드르르드르르. 핸드폰이 내 왼쪽 어깨 옆에서 떨고 있다. 오른
팔을 뻗어 핸드폰을 움켜쥔다. 순간접착제로 붙여놓은 듯 떨어
지지 않는 눈꺼풀에 힘을 주어보지만, 오른손이 핸드폰과 같이
떨리고 있을 뿐이다. 간신히 버튼을 누르니 진동이 멈춘다.

아침에 일어나기 힘든 상황을 묘사한 것이다. 어느 것이 더 흥
미진진한지 설명하지 않아도 바로 느낄 수 있으리라.
묘사는 소설에서만 필요한 것이 아니다. 에세이의 도입부에서
는 몰입감을 줄 수 있고, 시나리오를 쓴다면 머릿속 그림을 그
리는 데 도움이 될 것이다.
또 한 가지. 묘사와 설명이 다른 점을 예로 들면 '감정에 대한
설명'이 있는가 없는가이다. 대부분은 감정을 독자에게 맡기
는 느낌으로 쓰는 게 좋다. 아래 몇 가지 예를 읽어보자.

방학 중에 생일 파티를 해서 친구들이 많이 올까 걱정했는데
친구들이 많이 와서 기뻤다.(X)

방학 중에 생일 파티를 해서 친구들이 많이 올까 걱정했는데
친구들이 많이 왔다.(O)

나의 뒤를 따라 오는 성환이의 비명 소리가 들려 놀랐다. (X)
나의 뒤를 따라 오는 성환이의 비명 소리가 들렸다.(O)

나는 이 작업을 '감정 빼기'라고 부른다. 나의 설명에 어떤 수
강생이 '글로 써야할 것'과 '속으로 생각할 것'을 나누는 것 같
다고 했다. 그렇다.
대화를 할 때도 일방적으로 설명하는 것이 아니라 상대방이
어떻게 생각하고 느끼는지를 살펴보는 것처럼, 글을 쓸 때도
독자들이 느끼고 생각할 여유를 주어야 한다. 그것이 글자와
글자, 행과 행 사이의 쓰여지지 않은 여백이다.

그렇다면 묘사가 무조건 좋은 것인가?
그렇지 않다. 설명과 묘사를 적절하게 균형 잡아서 써야 할 것
이다. 다만 설명보다 묘사가 조금 더 글쓰기가 어려우므로 묘
사는 연습해야 한다. 그리고 어떤 글을 쓰더라도 묘사와 설명

의 적절한 사용으로 독자들에게 잘 전달하는 것이 중요하다. 《참을 수 없는 존재의 가벼움》은 다른 소설과 달리 시작부터 설명이고 묘사가 적지만 재미있게 읽힌다. 만약에 설명으로도 소설이 흥미진진하다면 묘사를 의식할 필요는 없다.

실감나는 대화문을 써보세요

대화의 기술은 듣는 기술인 동시에 들려지는 기술이다
– 윌리엄 해즐릿

수강생들의 글쓰기를 보면 밋밋하고 허전한 느낌이 들 때가 있다. 앞에서 설명한 묘사가 빠졌을 경우도 있지만 대화가 '대화문'이 아닌 설명으로 들어갔을 때도 그렇다.

영희는 철수에게 내일 만날 수 있는지 물었다. 영희는 철수의 이야기를 듣고 스케줄을 확인했다. 스케줄은 비어 있었지만 철수를 만나야할지는 망설여졌다. 이번 만남이 둘의 관계에 어떤 영향을 미칠지 모르기 때문이었다.

위의 문장을 대화문을 활용해서 써보자.

"내일 만날 수 있어?"
철수가 물었다.
"잠깐만."
영희는 핸드폰에서 자신의 스케줄을 확인했다.
"괜찮아?"
철수가 또 묻는다.
".... "

영희는 쉽게 대답할 수 없다.

어떤가? 일단 가독성이 좋다. 큰따옴표라는 문장부호만으로
도 대화의 느낌이 전해온다. 대화를 쓸 때 유의점으로는 누가
말하는지를 명확히 알려줘야 한다는 것이다.
그래서 대화만을 쭉 나열할 경우 누가 말하고 있는지 혼란스
러울 때가 있는데, 그럴 때 대화의 주체를 중간 중간 써주면
좋다.
위의 문장이 아래와 같이 쓰여 있다고 생각해보자.

"내일 만날 수 있어?"
"잠깐만."
"괜찮아?"
"…."

물론 차례차례로 철수와 영희라는 것을 유추할 수 있지만 '철
수가 말했다.'라는 문장 하나가 독자들의 혼란을 조금 막을 수
있다.

그렇다면 대화를 잘 쓰려면 어떻게 해야 하는가? 나는 '각본
집'을 읽어볼 것을 추천한다.

소설보다 영화나 드라마의 각본이 출간되는 경우는 드물다.
그 이유는 여러 가지가 있겠지만, 시나리오나 드라마는 그 자
체가 작품이라기 보다는 촬영을 위한 용도이기에 처음 작가가

쓴 것과 달리 현장에서 바뀌는 경우가 많다.

그래서 원래 상태를 유지하고 있는 경우가 드물기도 하고, 각본을 다시 책으로 출간하기 위한 작업 자체가 쉽지 않기 때문이라 생각한다.

각본집보다는 영화나 드라마를 '소설' 형태로 출간하는 경우가 많다. 《헤어질 결심》 각본집이 출간됐을 때 아주 기쁜 마음으로 사서 읽었다. 역시나 이 대본도 실제 영화와 순서나 대사의 차이가 있었다. 그렇지만 실감나는 '대화문'을 쓰는데 도움이 되기에는 충분했다.

큰따옴표와 작은따옴표가 혼란스런 분들을 위해 팁을 하나 알려드리면 현재 입으로 말하고 있는 것만 큰따옴표라고 생각하면 된다. 속으로 생각하거나 과거에 말한 것을 인용할 때는 작은따옴표를 쓴다.

긍정적으로 쓸 때 좋은 영감이 찾아옵니다

영감은 당신 자신에게서 온다.
긍정적이어야 한다.
긍정적일 때 좋은 일이 생긴다.
– 딥 로이

《고기로 태어나서》의 한승태 작가를 만날 기회가 있어서 한 가지 질문했다. 동물농장, 비닐하우스, 편의점, 주유소, 공장, 고깃배, 최근에는 콜 센터까지 힘든 노동을 경험한 이야기를 책으로 쓴 분이라 지금까지 해본 일 중에 가장 힘든 일이 무엇이었냐고.

내가 궁금했던 것은 '노동' 그 자체의 어려움이었다. 그런데 그분은 '콜 센터'라고 답을 했다.

의외였다. 노동 강도로 비교하자면 가장 약한 곳이 아닐까 싶은데, 이유에 대해서 이렇게 설명해주었다.

"주변에 매일 같이 부정적인 얘기만 하고 불평불만만 토로하는 사람이 있는데, 보통은 적극적으로 듣지 않고 그냥 대충 대응하잖아요. 그런데 그런 사람을 매일 아침 9시부터 저녁 6시까지 아주 적극적으로 소통해야 한다고 생각해 보세요."

그 말에 바로 공감했다. 그런 사람과 십 분만 얘기해도 목덜미가 뻣뻣해지고 영혼은 가출해서 어디로든 도망가고 싶은데, 그 일을 매일 해야 한다니.

글을 쓸 때도 마찬가지다. "~하지 않으면 안 된다."라고 쓰는 것을 '강조'라 배운 탓인지 흔히들 많이 사용한다. 또 "어렵다."라고 쓰면 될 것을 "쉽지 않다."라고 쓰기도 한다.

긍정문을 쓴다는 것은 단순히 어미를 부정에서 긍정으로 바꾸는 것이 아니다.

가령 "나는 혼자 있고 싶지 않았다."라는 문장이 있다면 어떻게 긍정문으로 바꿀 것인가? "나는 누군가와 함께 있고 싶었다."라고 바꾸는 것이다.

내용은 같을 수 있지만, 이김이 완선히 달라진다. 그리고 어느 경우가 읽었을 때 편안한지 금방 느낄 수 있다.

심리학에 'NLP 이론'이라는 게 있다. 'Neuro Linguistic Programing'의 약자로 사람마다 무의식적으로 언어를 프로그래밍 했거나 하고 있다는 뜻이다.

가령 "어제저녁으로 삼겹살을 먹었다."라고 친구에게 말했다고 가정해보자. 친구는 그 말을 듣고 삼겹살 하나만 생각하는 게 아니라 삼겹살과 상추, 깻잎, 쌈장, 밥 등등 자신이 프로그래밍 한 언어로 생각한다.

그래서 단순히 "삼겹살 먹었어."라고 말했을 때 "맛있었겠다'."라고 말하는 사람이 있는가 하면, 어떤 사람은 "누구랑?" 이렇게 묻거나 또 어떤 사람은 "어디서?" 등등 같은 언어를 받아들이는 데도 자신이 프로그래밍이 된 상태로 받아들이는 것이다.

NLP 설명 중에 '뇌는 부정 어미를 인식하지 못한다'라는 말이 있다. 예를 들면 "약속 잊지 마."라고 할 경우, 뇌는 어간만 기억하고 어미는 잊는다고 한다.

그러니 상대방한테는 '잊다'로 전달된다는 것이다. 그래서 "약속 기억해."라고 바꿔 말하는 것이 상대방에게 제대로 전달할 수 있다.

부정적인 얘기를 하는 사람이 피곤하듯이 부정문을 읽는 독자들도 금방 피곤해질 것이고, 또 의미 전달도 불명확해진다.

문장을 쓸 때 맞춤법, 띄어쓰기, 정확한 의미를 생각하며 퇴고하는 것도 중요하다. 하지만 **부정적인 표현을 최대한 긍정적으로 바꿔보는 것도 독자들을 울리는 문장 쓰기의 한 방법이라 할 수 있다.**

"나는 매일 글을 쓰지 않을 수 없다."라는 표현보다는 "나는 매일 꼭 글을 쓴다."라는 표현이 읽기도 쉽고 의미 전달도 분명하다.

생각과 쓰는 것 사이에는 늘 '선택'이 있습니다

우리는 우리의 선택으로 이루어져 있다.

– 장 폴 사르트르

나는 글쓰기 수업 중에 '문장은 선택이다'라고 설명하고, '혼자라서'로 시작하는 문장을 제시한다.

"혼자라서 그다음에 뭐라고 쓸까요?"

수강생들의 답은 제각각이다.

"혼자라서 외로워요."도 있다면 "혼자라서 자유로워요.", "혼자라서 영화관에 갈래요.", "혼자라서 심심해요.", "혼자라서 편해요." 등등 다양한 문장이 이어진다. 같은 말로 시작했지만 이어지는 말들은 비슷하기도 하고 또 정반대이기도 하다.

그렇다면 "혼자라서 외롭다."라고 쓰는 것은 자신만의 생각일 수 있다. 따라서 무턱대고 "혼자라서 외롭다."라고 쓸 게 아니라 "혼자라서 함께 이야기할 사람이 없어서 외롭다."라고 쓰는 것이 좋다.

왜냐면 '혼자라서 자유롭다'라고 생각하는 사람은 '혼자라서 외롭다'라는 말에 동감하기 어렵기 때문이다.

그러나 '혼자라서'와 '외롭다' 사이에 '함께 이야기할 사람이 없어서'라고 넣어주면 혼자라서 외롭다고 생각하는 사람도, 혼자라서 자유롭다고 생각하는 사람도 글 쓰는 사람의 마음을 쉽게 받아들일 수 있다.

문장을 선택한다는 것은 인생을 선택하는 것과 비슷하다.

예를 들어서 아르바이트생을 고용하는 처지에서 면접에 연락도 없이 나타나지 않은 사람들이 많다고 하자. 그럴 때 어떻게 글을 쓸 것인가는 '선택'이 된다.

어떤 사람은 면접에 연락도 없이 오지 않는 사람들은 예의가 없으며, 또 그런 사람들로 인해 자신의 시간이 낭비되었다는 내용을 쓰면서 면접에 오지 않더라도 최소한의 예의는 지키자고 쓸 것이다.

그러나 어떤 사람은 면접에 못 가게 되었다는 연락을 받은 이야기로 시작하며, 예의를 갖춘 그 면접 대상자에게 얼마나 고마운 지 쓸 것이다.

그렇다면 이 두 가지의 경우 첫 문장을 아래와 같이 예상할 수 있다.

1. 오늘도 연락도 없이 면접에 오지 않은 젊은이 때문에 짜증이 났다.

2. 오늘따라 면접에 오지 못한다고 연락을 해준 젊은이가 정

말 고마웠다.

첫 문장의 선택이다. 그다음에 또 두 번째 문장의 선택이 이어
질 것이다. 그렇게 문장의 선택들이 이어져 한 편의 글이 된
다. 순간의 선택이 이어져 인생이 되듯이 말이다.

그리고 당연히 먼저 한 선택이 나중에 한 선택에 영향을 미친
다. 하지만 나중에 한 선택이 또 먼저 한 선택을 바꿔주기도
한다.

우리는 매 순간 선택할 수 있고, 그 선택은 얼마든지 우리를
바꿀 수 있다. 우리는 선택할 수 있다는 것을 기억하면 된다.

**문장은 생각하는 것을 쓰는 것이지만, 생각과 쓰는 것 사이에
는 늘 '선택'이 있다.** 문장을 선택하면서 인생 또한 내가 얼마
든지 다르게 선택할 수 있다는 무한한 가능성을 체감한다.

경험은 과거이지만 쓰기는 언제나 현재입니다

무언가를 오래 관찰하는 것은 당신을 성숙하게 하고 깊은 의미를
깨닫게 해 준다.
- 빈센트 반 고흐

정희진 작가는 "독서는 내 몸 전체가 책을 통과하는 것이다."
라고 했다.

나는 글쓰기도 이와 마찬가지로 글을 시작하고 글을 마치는
동안 몸 전체가 통과하는 것이고, 통과하는 동안 '시간'이 흐
른다고 생각한다.

누구나 이야기 구상이 머릿속에서 완벽히 끝나야만 글을 쓸
수 있다고 믿는다. 그렇지만 글을 쓰다 보면 생각지도 못한 방
향으로 가거나 또 처음과 다른 결론에 다다를 때도 많다.

이 경우는 처음 시작할 때 잘못된 구상을 한 것일까? 아니면
신이라도 내린 것일까?

아니다. 첫 문장과 마지막 문장 사이에는 시간이 존재한다. 글
을 쓰는 동안에도 시간이 흐르고, 나의 사고도 흐른다. 글을
시작할 때의 나와 글을 마칠 때의 내가 완전히 다를 수 있다.

나는 돼지에 관한 이야기를 쓰기로 했다. 순전히 돼지에 대한
호기심 때문이었다.

우리가 아주 많이 즐겨 먹는 삼겹살은 흔히 볼 수 있지만, 그
삼겹살이 만들어지는 돼지가 도대체 어디 있는지 궁금했다.

그래서 돼지에 관련한 책이나 영화 등을 찾아서 한 편씩 글을 썼다.

글을 쓰다 보니 우리나라에 도축되기 직전 구한 돼지를 키우는 생추어리(Sanctuary)가 있다는 걸 알게 되었다. 급기야 그 생추어리에 정기 기부를 하게 되었다.

나는 돼지에 관한 글을 시작할 때 '결론'을 정해놓지 않았다. 고기 얘기를 하면 결론이 비건으로 가는 다소 뻔한 결론이 될 수도 있으니까.

그래서 나는 글을 쓰는 동안 어떤 결론으로 나를 데려다줄지 궁금했다. 만약 내가 '고기를 먹지 말고 비건이 되어야 한다'라는 결론을 정해놓고 글을 썼다면 아마 생추어리는 만날 수 없었을 것이다.

글을 쓰는 과정에 충실히 좇아가다 보니 우리나라에 유일하게 있다는 생추어리를 알게 되었고, 새벽이(그곳에서 생활하는 돼지의 이름) 존재도 만날 수 있었다.

지금은 소설 《주문하신 커피와 천사가 나왔습니다》를 쓰고 있다. 인물 설정과 대략의 스토리는 정해놨지만, 결말은 정하지

않았다.

혹자는 어찌 구상 없이 쓰느냐고 할지도 모른다. 그렇지만 나는 이야기는 살아 있고, 이야기 자체는 흘러가고, 또 쓰는 동안 나 자신이 변한다고 생각하기에 결말을 과정에 맡기기로 했다.

그렇게 결말을 쓰게 되면 다시 시작 부분을 수정할지도 모르지만, 글은 유기체라 언제나 변화할 수 있다는 무한한 가능성을 경험하게 된다.

이런 시간의 인식 차이는 글쓰기에도 영향을 미친다. 나는 과거의 일을 쓰고 있는 것이 아니라 내 현재에 영향을 미치고 있는 과거에 관해 쓰고 있으며, 현재를 쓰더라도 미래의 기대가 담겨 있다.

그러니 글을 쓰는 동안에도 시간은 흐르고, 글을 마친 후의 나는 더 과거의 내가 아니다.

사람들은 시간의 흐름을 아래와 같이 인지하고 있다.

그러나 시간은 과거, 현재, 미래의 구분이 의미가 없을지도 모른다. 현재는 과거를 반영하고 앞으로의 미래를 기대하며 흘러가고 있다.

이런 시간의 인식 차이는 글쓰기에도 영향을 미친다. 나는 과거의 일을 쓰고 있는 것이 아니라 내 현재에 영향을 미치고 있는 과거에 관해 쓰고 있으며, 현재를 쓰더라도 미래의 기대가 담겨 있다.

그러니 글을 쓰는 동안에도 시간은 흐르고, 글을 마친 후의 나는 더 과거의 내가 아니다.

주제는 나만의 지도입니다

제가 5살 때 쓴 첫 번째 시는 상실에 대한 내용으로,
제가 앞으로 쓸 모든 글의 주제를 표현했습니다.
- 마거릿 영

글을 쓰는 동안 처음부터 끝까지 가장 중요한 것은 무엇일까? 간단하게 답하자면 '주제'다. 그리고 내가 글쓰기를 지도할 때도 가장 먼저 '주제'가 잘 드러나고 있는가를 본다.

'주제'라는 말이 다소 추상적이고 모호할 수 있어 구체적이고 현실적으로 말하자면, '내가 쓰려고 하는 것', '내가 하고 싶은 이야기'이다. 사람들이 '주제'에 대해 착각하는 것이 있는데, 그건 바로 '주제'는 결론이 아니라 '질문'이다.

마찬가지로 글을 쓰기 전에 완결된 결론 혹은 결말까지 잘 계획되어 있어야만 쓸 수 있다고 생각하는 것 같다. 그러나 작가는 주제를 따라 사냥하듯 여기저기 들쑤시며 사냥감을 놓치기도 하고 또 잡기도 한다.

한마디로 글쓰기는 '주제를 따라 떠나는 여정'이라 할 수 있다.

한강 작가는 인터뷰에서 이렇게 말한 적이 있다. "답을 찾고 싶어 책을 읽었는데 답은 없고 질문만 있었다. 그래서 나도 질문만 하는 거라면 글을 쓸 수 있겠다 싶어 작가가 됐다."라고. 그래서일까. 한강 작가는 질문을 끝까지 밀어부친다. 부커상을 받은 《채식주의자》는 채식을 시작한 영혜가 어떤 상황에서

도 채식을 포기하지 않고 끝까지 밀고나가며 일어나는 일들을 다루고 있다. 제목도 내용도 너무나 정확한 '채식주의자' 이야기다.

또한 주제는 일관적이고 하나여야 한다.
가끔 수강생들의 글을 읽다보면 시작할 때와 다른 주제로 흘러가거나 아니면 두 가지 주제를 섞어서 쓰는 경우를 볼 때가 있다.

그럴 경우에는 원래 쓰려고 했던 주제를 상기하고 그 길로 가야 한다. 그리고 주제가 두 개라면 과감히 하나는 버려야 한다. 한 가지 주제가 아쉽다면 또 다시 새로운 글을 쓰면 된다.

작가들은 글을 쓰면서 자신만의 주제를 발견하는 경우도 많다. 김영하 작가는 최근에 SF성격이 강한 소설의 제목을 《작별인사》로 정하며, 자신이 썼던 작품들의 주제가 '이별'인 것 같다는 설명을 하기도 했다.

밀란 쿤데라는, 자신의 소설은 제목을 서로 바꾸어 붙여도 설명이 된다는 말을 했다. 그만큼 같은 주제를 다룬다고 할 수 있다.

나는 《인어공주는 왜 결혼하지 못했을까?》를 시작으로 '연애와 결혼'을 주제로 10권 가량의 책을 썼다. 그리고 이제는 '책읽기', '글쓰기' 주제로 글을 쓰고 있다.

수강생 중에 피아노를 전공하고 아이들을 가르치는 분은 늘 음악에 관한 주제로 글을 쓴다. 또 수업 첫날부터 꽃도매시장에서 꽃을 사들고 온 수강생은 '식물'을 주제로 글을 쓴다.

어쩌면 주제란 내가 선택하는 것일 수도 있지만, 내가 삶을 살아온 궤적이 자연스럽게 주제가 되는 것일 수도 있다. 주제는 나만의 지도가 되어주는 글쓰기의 중요한 길잡이다.

하나 더 덧붙이자면 주제에는 어떤 제약이나 금기는 없다. 다양하고 넓다. 그만큼 선택의 범위는 넓으며, 선택 이후에는 좁고 깊게 접근하는 것이 좋다.

'무엇'보다는 '어떻게'가 차이를 만듭니다

고요한 밤은 침묵의 밤과 다르고,
굳건한 사람은 고집센 사람과 다르며,
밝은 빛은 눈부신 빛과 다르다.
- 타헤레 마피

좋은 아이디어가 떠올랐다고 생각하는 순간, 비슷한 소재의 책이며 영화들이 눈에 띈다. 내가 쓰려고 생각한 것들을 누군가 이미 다 썼다고 생각하니 의욕이 꺾인다. 다른 글을 쓰자니 생각나는 게 없다.

비단 이런 경험이 나뿐일까 싶다.

작품에는 계보가 있다고 한다. 현대의 모든 소설은 호메로스의 《일리아드》와 《오딧세이아》 둘 중 어느 하나를 닮았다고 한다.

내가 이 두 작품을 모르거나 읽지 않았다고 해도 다른 작가들의 작품 속에 이 작품들이 반영되어 있다면 나에게 당연히 영향을 미칠 수밖에 없다.

내가 처음 글을 쓰겠다고 할 무렵에 '밀란 쿤데라'와 '무라카미 하루키'의 작품들이 많이 회자되었고, 국내 작가들도 비슷한 작품들을 많이 썼다. 그 당시 내가 쓴 소설도 나의 삶을 반영한 독특한 소설이라고 생각했지만, 지금 와서 다시 읽어보니 유명 작가들의 영향이 보인다.

꼭 글쓰기만이 아니다. 인간의 삶은 어쩌면 서로 비슷하고, 서

로에게 영향을 미친다. 심지어 싫어하는 사람의 인생도 영향
을 미치는데, 좋아하는 사람에 대한 영향은 당연히 클 수밖에
없다.

**그렇다면 작가의 '창의성'은 과연 무엇이란 말인가. 창의성은
여러 가지로 해석될 수 있지만 그 중에는 '유일함', '독특함'
즉 '남과 다른 점'도 포함된다.**
창의성이 좋다고 생각해서인지 우리는 남과 비슷한 것을 나쁜
것이라 여긴다. 남들과 같은 길을 가는 것은 흉내내기에 불과
하다고.
그러나 인간의 삶이 보편적이고 비슷한 부분이 많은 것을 생
각한다면 예술 작품들의 공통점이 작가의 의도보다는 무의식
의 반영으로 볼 부분도 많다.
얼마 전, 하비에르 카예야 전시회에 갔을 때 나는 눈이 큰 소
년이 나오는 그의 작품을 보며 '요시모토 나라'라는 작가를 떠
올렸다. 아마 나와 같은 사람이 많은지 작가 본인도 그 사람의
영향을 받았다는 것을 인정하며 했던 말이 인상적이었다.
"나답게 작품을 만든다는 것이 꼭 유일하다거나 독특함을 의

미하는 것이 아니다. 나다운 것이 누군가와 비슷할 수도 있다. 누군가와 비슷하지 않기 위해 일부러 독특함을 찾아 자신을 망치는 작가들을 여럿 보기도 했다."

나는 그의 이야기를 들으며 우리가 '남과 달라야 한다'라는 또 하나의 강박관념을 갖고 있는 게 아닌가 생각했다.

인간의 인생은 당연히 공통점이 있고 또 같은 사회적 배경까지 공유하면 비슷할 수밖에 없다. 심지어 각기 다르다고 하는 외모도 비슷한 연예인을 떠올리며 이야기하는 경우도 있다. 누군가와 닮았다고 해서 그 사람의 독창성이 없어지는 것은 아니다.

내가 나만의 삶을 살아가듯, 비슷한 주제의 글이라도 내가 쓰는 것만으로 다른 글이 될 수 있다. 비슷한 생각과 아이디어가 이미 세상에 나와 있다고 하더라도 내가 쓰는 글은 충분히 나다운 글이 될 수 있다.

이 세상의 수많은 사랑이야기가 있다고 해서 내가 사랑에 대한 글을 쓰지 못할 이유는 없다. **차이는 '무엇'보다 '어떻게'에 있다.**

'요시모토 나라'와 '하비에르 카예하'의 작품은 눈이 큰 어린 아이를 그린다는 공통점은 있지만 그림의 분위기는 완전히 다르다. 그리고 공통점이 있다면 두 작가의 작품 모두 작품 가격이 어마어마하다는 것이다.

세상에서 가장 멋진 마지막 문장을 쓰는 법

진짜 끝은 없다. 당신이 스토리를 멈추는 곳이 끝이다.
– 프랭크 허버트

글쓰기 강의를 하며 개별 첨삭을 하다 보면 '결말'을 쓰는 데 어려움을 겪는 사람들을 꽤 많이 본다. 결말을 다시 써 보라고 말하거나 어떨 때는 내가 직접 결말만 본보기로 써서 보여 주기도 한다.

나는 작가와 독자의 사이를 늘 고민하듯, 이제 막 글을 쓰기 시작한 사람들 혹은 아마추어라고 할 수 있는 사람들이 어려워하는 지점을 함께 고민하고 있다. 그래서 왜 결론을 쓰기 어려운지 물어보기도 했다.

그 이유 중 하나가 바로 글의 결론이 '권선징악'이나 '반성', '교훈', '다짐' 등이어야 한다는 고정관념을 갖고 있다는 사실을 알았다.

그러나 멋있는 도입부로 시작하고 버라이어티한 과정을 겪더라도 위에 해당하는 결말에 이르면 읽는 독자는 김이 빠진다. 한마디로 식상하다는 거다.

또는 이런 흔한 결말 때문에 급하게 글을 끝내기도 한다. 조금 더 스토리가 진행되어야 할 것 같은데, 작가는 어느 순간 권선징악 카드를 꺼내거나 아니면 반성을 하고 있다.

우선 그동안 배운 글쓰기(학교 다닐 때 배운 글짓기)의 결론에서 벗어나도 괜찮다는 걸 스스로 인정해야 한다. 다양한 도입부가 있듯이 결말도 다양하다고 말이다.

모든 글마다 개성 있는 결말이 가능하다는 마음가짐을 가지고 있다면 그동안 써왔던 결말과 다른 멋진 결말을 쓸 수 있지 않을까.

왜 결말이 쓰기 어려운지 이야기를 나누다가 발견한 방법이 있었다. 내가 다소 아쉬운 결말을 수정할 때 쓰는 방법이기도 하다.

먼저 마지막 한 문장을 지운다. 아니, 두세 문장을 지워도 괜찮다. 어색하다고 생각되는 마지막 문장들을 지운 다음, 남아 있는 끝 문장에 다시금 이어 쓴다는 마음으로 한두 문장을 더 쓴다.

예를 들면 이런 수강생의 글이 있었다.

"인생에서 오랜 기간 한 가지 일에 집중할 수 있는 것도 행운이라고 생각한다. 일하는 것이 행복이라 생각하며 살 수 있어 기쁘다."

이 결말을 위에서 말한 대로 마지막 문장을 지우고 바로 앞 문장에 이어 쓰는 마음으로 다시 써봤다.

"인생에서 오랜 기간 한 가지 일에 집중할 수 있는 것도 행운이라고 생각한다. 그 행운이 내가 만든 것인지, 신이 준 것인지는 모르겠지만 말이다."

《듄》이라는 역작을 남긴 프랭크 허버트의 말처럼, 끝은 끝이라기보다 내가 펜을 놓는 것이 끝이라는 마음으로 쓴다면 조금 더 자연스럽고 멋진 결말이 되리라.

첫 문장을 쓸 때 '다이빙하듯' 쓰라고 설명했다. 그렇다면 **마지막 문장은 물속에서 끝내는 마음으로 써라. 물 밖으로 나와 수건으로 몸을 닦지 말고.**

글을 잘 쓰기 위해서는 '시집'을 옆구리에

시는 아름답기만 해서는 모자란다.
사람의 마음을 뒤흔들 필요가 있고,
듣는 이의 영혼을 뜻대로 이끌어 나가야 한다.
- 호라티우스

나는 문장을 잘 쓰려면 '많이 쓰기' 전에 우선 '많은 글을 읽어라'라고 권하고 싶다. 《크라센의 읽기 혁명》의 저자 스티브 크라센은 "문체는 쓰는 경험에서 나오는 것이 아니라 읽기에서 나온다."라고 적었다.

수강생들의 글을 보면 그동안 어떤 글을 썼는지 보다 '어떤 글'을 읽었는지 쉽게 알아차릴 수 있다.

고전만 주로 읽었다고 하는 수강생은 문체가 기품 있지만 올드하고(장단점이 있다), 자기 계발 서적만 읽었다고 하는 수강생은 문체가 딱딱하고 은유가 적은 편이다. 에세이를 주로 읽는다고 하는 수강생은 일상적인 문체를 구사하고, 시와 소설을 많이 읽은 수강생은 은유적인 문장을 쓴다.

문체가 개성인 것은 맞다. 그래서 나도 맨 처음 첨삭을 할 때 문체는 개성으로 존중하고 수정하지 않는다.

그러나 다채롭고 다양한 문체를 사용한다는 것은 자신의 세계가 확장되는 것뿐만 아니라 글쓰기 또한 자신이 표현할 수 있는 부분이 확대되는 걸 의미한다. 이런 기회를 환영해야 하지 않을까.

나는 글을 잘 쓰고 싶다는 사람 중에 시를 읽지 않는 사람이라면 일단 '시'를 꼭 읽어보라고 권한다.

많은 분이 '시는 어렵다'라는 편견을 가지고 있다. 그 편견 때문인지 시는 베스트셀러 목록에도 들어 있는 경우가 드물고, 또 일부러 찾아 읽는 독서 인구도 적은 것 같다.

게다가 외국의 시 같은 경우는 번역의 어려움 때문인지 많이 소개되어 있지 않다. 이런저런 이유로 좋은 시를 만나는 게 쉽지 않다.

그리고 나만의 느낌인지 모르겠지만 한 사람의 시집을 한 권다 읽다 보면 내용이 비슷해서 금방 손을 놓게 된다. 그렇지만 시는 책이 아니라 '시' 그 자체로 우리 일상에 가까이 있다.

나태주 시인의 '자세히 보아야 / 예쁘다 / 오래 보아야 / 사랑스럽다 / 너도 그렇다'라는 〈풀꽃〉을 모르는 사람은 없을 것이다. 윤동주 시인의 '죽는 날까지 하늘을 우러러'로 시작하는 〈서시〉뿐만이 아니라 김광석의 노래로도 유명한 '그대 잘 가라'로 끝나는 〈부치지 못한 편지〉는 정호승의 시다.

'시집'은 멀리 있지만 '시'는 우리 가까이에 있다. 왜 그럴까?

'시'는 글이 아니라 '말'이다. '말하듯이 써라'라고 하는데 시가 바로 '말하듯이' 쓰인 작품이다.

모든 문학 작품의 시작은 '구전'이다. 호메로스의 《오디세이아》는 서사시인 동시에 암송해서 전해졌다고 한다. 우리나라도 마찬가지다.

'밤 들어 노니다가 / 들어와 잠자리 보니 / 다리가 넷이어라'라는 처용가도 신라 향가에서 고려 가요로 전해졌고, '춘향전', '심청전' 등도 판소리 즉, 구전으로 전해지는 것이 나중에 문학 작품이 되었다.

이렇듯 '시'에서 '극'으로 발전하고, 후일 정교하게 쓰인 형태의 책으로 묶인 '소설(이야기)'이 된 것이다. 문학의 근원이 '시'에 있기에 문장을 쓰기 위해 '시'를 읽어야 한다면, 두 번째 이유는 '시'가 가지는 언어의 '정제성'이다.

수전 티베르기앵은 《글 쓰는 삶을 위한 일 년》에서 "작가는 자신의 경험을 소설 형식을 빌려 말하고, 시를 다듬을 때처럼 다듬는다. 소설 형식은 진술을 너무 야단스럽지 않게 유지해 준다. 시 형식은 그 안에 담긴 의미를 확장해 준다."라고 했다.

글을 다 쓰고 나서 아무런 수정 없이 초고 상태 그대로 공개하는 사람은 없을 것이다. 그렇다면 퇴고할 때 '시를 다듬듯' 다듬어야 하는 것인데, 그것이 바로 언어를 고르고 씻어내는 '정제성'의 작업이다. 인터넷에서 검색하면 웬만한 시는 전문을 볼 수 있다. 그러나 정호승 작가는 '시집'을 읽어야 하는 이유에 대해서 이렇게 말했다

"내가 쓴 시가 변형되거나 잘려서 인터넷에 돌아다니는 경우를 많이 보게 되는데, 그렇게 의미가 잘못 전달되는 것이 안타까우니 시집으로 읽어 달라."고 당부했다. 시인의 말마따나 인터넷에서 읽은 시를 시집에서 찾아보니 인터넷과 다른 경우가 꽤 많아서 시인의 말에 공감했다.

그래서 나는 오늘 《진달래꽃: 김소월 시집, 1925년 초판본 오리지널 디자인》을 샀다. 초판본이라 그때의 문자들로 쓰여 있어서 읽기가 쉽지 않다. 그래도 시집 한 권을 옆구리에 끼고 잠들 수 있는 날이다.

초고는 첫사랑입니다

초고는 흑백입니다. 편집(다시 쓰기)은 이야기에 색깔을 입힙니다.
– 엠마 힐

글을 잘 쓰기 위해 글쓰기 책을 읽거나 혹은 글쓰기 수업을 듣는다. 그리고 책상 앞에 앉아서 심기일전 글을 써보려고 한다. 그런데 막상 감명 깊게 들은 그 조언을 어디서부터 어떻게 적용해야 할지 모르겠다. 게다가 지금 쓰려는 글에 어떤 방법이 도움이 되는지조차 알 수 없다.

글을 쓰는 건 레시피를 찾아보고 재료를 사 온 뒤 레시피에 적힌 순서대로 요리하는 것과 같다고 생각했다. 요리 재료처럼 글쓰기의 '소재'까지는 찾은 것 같은데, 첫 문장부터 도통 떠오르지 않을 때가 있다.

'레시피처럼 1번이 뭘까?'를 생각하면 '첫 문장이 중요하다'라는 조언이 떠오른다. 하지만 내가 생각한 첫 문장은 그다지 매력적인 것 같지 않다.

첫 문장마저 제대로 못 쓰는 내가 과연 이 소재를 가지고 잘 쓸 수 있을까 자신이 없어진다. 역시 오늘도 포기하고 유튜브나 넷플릭스를 기웃거린다.

나는 이런 분들에게 '초고를 쓸 때는 글쓰기 조언 따위는 잊으라'라고 말해주고 싶다. 그 이유는 글 쓰는 게 가장 즐거울 때가 초고를 쓸 때이기 때문이다.

나는 최소한 초고를 쓸 때는 맛있는 음식을 눈앞에 두고 입에 침이 고이듯 설렘과 몰입의 즐거움을 느낀다. 따라서 초고가 즐겁기 위해서는 남의 조언을 생각해서는 안 된다.

어쩌면 한참 연애에 빠져 있을 때 주변 사람들의 조언이 들리지 않는 것처럼 글쓰기 조언이 떠오르지 않는 게 오히려 도움이 될 것이다.

글쓰기의 가장 즐거운 순간은 초고의 마침표를 찍었을 때다. 그 순간 나는 대단한 작품을 쓴 것 같고, 이대로 사람들에게 공개해도 극찬을 받을 느낌이 든다.

그러나 다시 읽어보는 순간 자신감은 나락으로 떨어진다. 어디선가 본 듯하고, 맞춤법은 엉망이고, 글의 길이는 너무 짧거나 길고, 무엇보다 재미도 없는 것 같다.

그렇지만 여기서 멈추어선 안 된다. 이제부터 글쓰기의 조언을 하나하나 떠올려야 한다.

글쓰기의 조언은 바로 고쳐 쓰기에서 적용하는 것이다.

'설명하지 말고 보여주라', '첫 문장에서 독자들의 흥미를 끌어야 한다', '문장은 짧게 써야 한다' 등의 조언을 생각하며 다시 써야 한다. 이때는 되도록 많은 조언을 떠올리며(본인이 알고 있는 전부) 여러 번 수정해야 한다.

나도 안다. 이렇게 하다 보면 초고의 모습은 사라질 수 있다. 마치 포토샵으로 전혀 다른 얼굴이 된 내 사진을 보는 듯 할 수도 있다.

그러나 이는 잘못된 것이 아니라 더 좋은 글이 되어가고 있다는 방증이다.

집에서는 민낯으로 있지만, 밖에 나가려면 화장을 하고 외출복을 입는다. 단순히 집 앞 편의점을 갈 때, 동네 음식점에 갈 때, 서울에 갈 때(수도권 거주자로서), 국내 여행을 갈 때, 해외여행을 갈 때 등등.

어디를 가느냐에 따라 화장하고 옷을 차려입는 시간이 달라진다. 이걸 TPO(Time, Place, Occasion)에 맞추는 것이라고 한다.

글도 마찬가지다. 나 혼자 보는 게 아니라 다른 사람들 특히 대다수에게 보이는 글이라면 더 열심히 공들여야 함은 물론이다. 그렇지만 **초고는 집 안에서 편한 옷차림에 노메이크업으로 있는 것처럼 편하게 써라.** 남들의 조언 따위는 잊고 첫사랑에 빠져들어 열정을 불사르듯 초고를 쓰는 것이다.

4장_
초고 완성 후 해야 할 몇 가지 것들

밤에 쓴 연애편지를 고쳐 쓰는 마음가짐으로

작가와 작가 지망생의 가장 큰 차이는
고쳐 쓰기에 대한 태도이다.
수정을 꺼린다면 아마추어라는 신호다.
– 솔 슈타인

많은 작가의 과거 경험을 쓴 글을 읽다 보면 '연애편지를 대필했다'라는 이야기가 자주 나온다.

〈별〉의 작가 알퐁스 도데도 학교에서 근무할 때 동료 선생의 연애편지를 대신 써주다가 그게 화근이 되어 학교에서 쫓겨나는 위기에 처한다. 《시와 산책》의 한정원 작가도 어린 시절 사촌 언니의 연애편지를 대필한 경험을 얘기한다. 그뿐만이 아니라 곽재용 감독의 영화 〈클래식(2003)〉에서는 편지를 대필하고 사랑이 엇갈리는 이야기가 중요한 모티브다.

이 정도라면 작가가 되기 위해서는 직접 연애편지를 쓰거나 그럴 대상이 없다면 대필로라도 연애편지를 써야 하지 않을까 싶다.

보통 처음의 글쓰기는 '일기'가 되고, 그다음 글쓰기는 '편지'가 되는 경우가 많다. 현재의 시점에서 손 편지는 보기 드물고, 일기나 편지는 SNS 글쓰기로 통합된 느낌이다.

그런데 왜 하필이면 본인이 직접 쓰는 연애편지가 아니라 대필일까?

이 이야기를 하기 전에 '밤에 쓴 연애편지는 보내지 마라'라는 이유부터 생각해 봐야 할 것 같다.

사실 밤에는 누구나 감상적으로 되기 쉽다. 따라서 밤에 쓴 편지를 보내지 말라는 뜻이라 생각했다. 괜한 감정적 실수로 상대를 오해하게 만드는 실수를 막기 위해서라고 말이다.

그런데 곰곰이 생각해 보면 '감상적'이란 게 그렇게 나쁜 것일까. 내가 상대방을 생각하는 마음이 다소 감상적인 게 무엇이 문제일까. 오히려 밤에 쓴 편지를 상대방에게 보내 나의 마음을 전하는 게 더 효과적일 수도 있지 않을까.

글쓰기 수업을 할 때 나는 사람들에게 이 질문을 곧잘 한다.
"왜 밤에 쓴 연애편지는 보내면 안 될까요?"
저마다 다양한 대답들이 나오지만, 내가 생각하는 정답은 나오지 않는다. 내가 생각하는 정답은 "초고라서…."이다.
이렇게 말하면 그래도 다들 좀 웃는 유머가 되기도 하는데, 그럴 때 슬쩍 덧붙여 말한다.
"아침에 수정하면 보낼 수 있어요."
밤에 썼던 다소 감상적인 연애편지를 아침에 다시 꺼내 보면 낯 뜨겁고 부끄러운 부분이 수두룩하다. 따라서 이를 수정하

면 분명 더 나은 연애편지를 보낼 수 있다. 문자든 카카오톡이
든 다 마찬가지다.

모든 글은 수정하면 할수록 좋아진다. 사지선다형의 문제에서
답을 모를 때 처음에 찍은 것이 정답인 것(이것도 꼭 맞는 것
은 아니지만^^)과 달리, 처음에 섬광의 흥분으로 쓴 글이 훌륭
할 리가 없다.

헤밍웨이도 그랬다. '모든 초고는 쓰레기'라고. 본인은《무기
여 잘 있거라》의 결말을 서른아홉 번 고쳤다고 했다.

상대방에게, 혹은 독자들에게 나의 쓰레기를 내보일 수는 없
다.

《해리포터》를 쓴 조앤 롤링이 많은 출판사에서 거절을 당했다
고 하는데, 아마 거절당하는 동안 여러 번 원고를 수정했을 것
이다. 똑같은 원고를 가지고 계속 투고하지는 않았을 거란 의
미다.

이런 성공담을 '시도'에 대한 관점에서만 볼 것이 아니라 '고
쳐 쓰기'라는 관점에서 본다면 글쓰기에 도움이 된다.

글쓰기 수업에서 글을 발표할 때, 나는 발표 전 첨삭지도를 해서 수정한 후에 발표하게 한다. 이렇게 하는 나의 의도는 두 가지다.

하나는 '고쳐 쓰기'를 배우는 것이고, 그로 인해 다른 사람들에게 조금 더 '좋은 평'을 들을 수 있도록 하는 것이다. 이왕이면 자신의 글이 좋은 평을 듣는 게 글쓰기를 더 잘할 수 있는 동기부여가 되리라고 생각한다.

내 수업을 처음 듣는 사람들은 내가 첨삭지도를 하고 나면 꼭 질문한다.

"고쳐서 다시 보내야 하나요?"

이런 식으로 질문을 하는 건 아마도 첨삭지도 후의 수정은 본인이 알아서 하고, 다시 확인받는 작업을 경험하지 못해서인 것 같다.

나는 다시 수정해서 보낸 글을 읽고 또 수정이 필요하다면 그다음 단계의 수정 작업을 한다. 다른 사람 앞에서 글을 발표하기 전 두 번 이상의 퇴고 작업을 거치면 좋다고 생각하기 때문이다.

다만 시간이 없어서 한 번에 그치는 경우가 많아 "한 번 더 수정하면 좋았을 텐데…" 하고 아쉬워하는 경우가 꽤 많다.

글을 잘 쓰는 '방법'을 가르친다는 것은, 글을 잘 쓰는 '과정'을 가르치는 말과 동의어라고 생각한다. 그리고 그 '과정'을 말로 가르치고 끝나는 게 아니라 다시 확인해 주는 것, 그래서 스스로 만족할 만한 완성도가 나올 때까지 작업하도록 격려해야 한다.

글을 쓴 본인은 평생 자신의 글을 제대로 읽을 수 없다는 말이 있다. 그 이유는 '기억' 때문이라고 한다.

글을 쓸 때의 감정과 생각을 기억하고 있기에 글을 객관적으로 읽을 수 없다고. 그렇기에 시간을 두고 기억이 희미해질 때 수정하는 수밖에 없다.

이쯤 되면 연애편지 '대필'이 얼마나 좋은 연습이 되는지 모른다. 일단 나의 이야기가 아니기에 객관적인 글쓰기가 되고, 또 의뢰인(?)에게 검토를 받아야 하기 때문이다.

그리고 의뢰인이 요구하면 다시 써야 한다. 이는 객관성과 고쳐 쓰기가 한꺼번에 훈련되는 아주 좋은 글쓰기 훈련 과정이라 할 수 있다.

밤에 쓴 연애편지는 보낼 수 있다. 단, 낮에 맨 정신으로 수정해서 말이다. 그전까지는 우체통에 넣지 말아야 한다.

나는 여러 번 고쳐 썼다고 해도 독자는 처음 읽는다. 독자는 내가 몇 번을 수정했는지 관심이 없다. 그저 마음의 울림을 기대할 뿐이다.

퇴고를 시작하는 법, 구성부터

이야기는 우리에게
무엇이 일어났는지를 말해준다.
그러나 구성(플롯)은
왜 일어났는지를 말해준다.
- E.M 포스터

나는 읽기와 쓰기를 함께 가르치는데, 쓰기의 경우 '개별 첨삭'으로 진행한다. 글쓰기란 가장 사적인 영역임에도 불구하고 공통적인 매뉴얼로 가르친다는 게 효과적이지 않다고 생각해서이다.

예를 들어 의사가 우울증이라고 진단하면 거의 똑같은 약을 준다. 그러나 우울증에 걸리는 이유는 다양하다. 증상은 같아도 원인이 다르다는 것이다.

시험 성적이 떨어져서, 연인과 헤어져서, 폭행을 당해서, 회사에서 왕따를 당해서 등등 저마다의 이유가 있다. 약으로 증상은 가라앉힐 수 있지만, 그 원인까지 돌아보고 마음을 치료하기에는 시간이 오래 걸린다.

누군가가 나에게 막연히 "어떻게 하면 글을 잘 쓰나요?"라고 묻는다면 우선 "많이 읽으세요."라고 대답할 것이다. 마치 우울증 환자한테 똑같은 약을 처방하듯이.

그러나 강의에서는 첨삭지도를 하기 전, 단둘이서 대화하게 될 때 왜 글을 쓰는지를 먼저 묻는다. 글쓰기도 글쓰기를 최종 종착지로 생각하는지, 거쳐 가는 과정으로 생각하는지 등에 따라 달라지기 때문이다.

또한, 개인이 흥미를 갖는 장르도 다르고, 써야 하는 매체도 다르다. 글쓰기를 한다고 결과적으로 모두가 책을 내야 하는 것은 아니니까.

글쓰기가 지금은 중요해 보여도 살다 보면 뒷전으로 밀리는 시기가 온다. 가르치는 처지에서는 글쓰기가 당장 배워야 할 것처럼 중요하게 여겨지겠지만 배우는 처지에서는 그렇지 않을 수도 있으니 배우는 사람의 입장과 상황, 이유 등을 고려해서 지도하는 것이 바람직하다.

그래서 어떤 글이라도 좋으니 우선 초고를 가져오라고 한다. 초고를 통해 알 수 있는 건 그다지 많지 않다. 그래서 또 대화한다.

"무엇을 쓰고 싶었나요?"

이를 통해 글만 읽었을 때는 몰랐던 글쓴이의 진짜 의도를 알게 되는 경우가 많다. 그 이야기를 듣고 나는 '구성'에 대한 이야기를 함께 나눈다.

어떻게 하면 본인이 하고 싶은 이야기를 정확하게 쓸 수 있을지, 어떤 내용이 더 들어가고 빠져야 할지, 이야기의 순서는 어떻게 해야 할지, 첫 문장과 마지막 문장은 무엇을 써야 할지를 알 수 있다.

구성이 제대로 되어야 그 이후에 문장을 고칠 수 있다.

그러니까 초고의 글만 보고 지도한다면 그저 글 자체의 부족함에 관해서만 지적할 것이 없다. 따라서 우선 '진짜 쓰고 싶은 것'에 대해 아는 것이 먼저다.

'구성'이라는 것은 단순히 이야기 내용만을 의미하는 게 아니다. 이야기의 내용을 포함한 배열을 뜻한다.

같은 내용이라도 도입부에 들어갔을 경우와 결말 부분으로 들어갔을 때에 따라 글이 많이 달라진다. 이런 식으로 이야기가 달라지면 그것에 맞게 들어가고 빠져야 할 이야기들이 또 달라진다.

범인을 심문할 때 처음에는 이야기를 순서대로 듣지만, 진짜인지 알아보기 위해서 갑자기 순서를 바꿔서 질문한다고 한다. 이때 거짓말을 하고 있다면 순서가 바뀌었을 때 앞뒤가 틀어지기 시작한다고. 이는 바로 자신이 지어낸 이야기이기 때문이다.

나는 이 이야기를 글을 쓸 때 긍정적으로 생각한다. 순서를 바꾸면 미처 생각하지 못했던 '진실'이 튀어나올 수 있다고. 그래서 이야기가 더 생생하고 촘촘해질 수 있다고.

'구성'을 고민하는 이유는 쓰는 사람이 아니라 읽는 사람 즉, 독자를 위해서다.

주변에서 이야기를 흥미진진하게 하는 사람을 떠올려보자. 그들은 결코 시간의 순서대로 이야기하지 않는다. 그리고 인물도 처음부터 자세하게 소개하지 않는다.

"아침에 일어나서 세수하고 밥 먹고 출근하다가 엘리베이터가 고장 나서 회사에 늦었어."라고 말하기보다 "회사에 늦었잖아!!! 멀쩡하던 엘리베이터가 왜 하필이면 내가 나올 때 고장이 나는 거냐고." 이렇게 말한다.

듣는 사람이 반응을 안 할 수가 없다. "그럼 그전에는 엘리베이터가 문제없었던 거야?"라고 묻게 된다.

글도 마찬가지다.

소설만 구성이 중요한 것이 아니다. 에세이도 구성이 중요하

다. 제목도 중요하다. 그리고 화자(시점)도 중요하다.

그래서 초고를 쓰고 난 후에 점검해야 할 것은 '이야기를 전달하는데 이 구성이 효과적인가?'라는 것이다. 만약에 효과적이지 않다면 같은 내용으로 처음부터 다시 써야 할 수도 있다.

구성이란 정말 다양하다. 시간적 순서대로 나열하는 방법부터 현재에서 과거를 회상하는 방법도 있고, 미래를 예측하는 것부터 시작할 수도 있다.

그리고 기승전결이 아니라 '기전결'이 될 수도 있고 '결기승전'이 될 수도 있다. 우리가 의심 없이 믿어온 '기승전결'에 얽매일 필요가 전혀 없다.

나는 상당히 재미있고 신기한 형식을 발견했는데, 코맥 매카시의 소설 《핏빛 자오선》은 소설 시작에 구성을 개요로 보여주고 있었다.

나도 이 글을 쓸 때, 각 꼭지의 제목 - 인용구 - 내용 - 결론 이런 식의 구성으로 짰고, 첫 회부터 이 구성으로 쓰고 있다.

어떻게 하면 나의 이야기를 효과적으로 전달할 것인가의 1단계는 '구성'이고, 초고를 쓴 후에 가장 먼저 수정해야 하는 것도 바로 이 구성(플롯)이다.

그러면 에세이는 그렇다 치더라도 소설은 초고를 쓴 후에도 구성을 위해 정말 많이 수정해야 한다. 다만 감사한 것은 컴퓨터가 탄생한 이후 손으로 수정하지 않아도 된다는 것이다.

내가 처음 대학교 교지에 단편 소설을 응모할 때 원고지 60매를 손으로 여섯 번 쓴 기억이 난다. 당선되었을 때 그 당선금으로 전자 타자기를 가상 먼저 구매했다. 덕분에 손으로 쓰는 그 힘든 과정에서 벗어날 수 있었다.

컴퓨터 덕분에 더 효과적인 구성을 자유자재로 할 수 있기에 더욱 구성에 공을 들여야 하고, 그 구성에서 나의 개성이 드러나고 독자들이 흥미를 느낄 수 있기에 오늘도 나는 구성을 고민한다.

구성 수정이 끝났다면, 문장 수정

다시 쓰기는 책이 탄생하는 도가니이다.
– 캐서린 루이스

첫 번째 수정에서 구성을 수정했다면 이제는 문장을 수정할 차례이다. 문장을 수정할 때는 내용을 생각하며 수정할 때와 형식적인 수정으로 나눈다.

우선 내용을 생각하며 수정하는 작업은 '반복'을 삭제하는 것이다. 영화 〈버드맨〉에서 주인공인 리건 톰슨은 과거에 〈버드맨〉이란 영화로 전성기를 누렸지만, 이젠 한물간 배우다.

그는 레이먼드 카버의 단편 소설 〈사랑을 말할 때 우리가 이야기하는 것〉을 연극으로 만들어 본인이 주인공으로 출연, 브로드웨이에서 연기력을 인정받으려고 한다. 그러나 명성과 부가 소진된 그는 각종 난관에 부딪힌다.

심지어 배우 중 한 명은 불의의 사고로 빠지게 되어 급히 대역을 구했다. 대역으로 온 그 배우는 걱정과 달리 대본을 완전히 숙지한 채 심지어 조언한다. 다름 아닌 레이먼드 카버의 대화를 대사로 옮긴 부분에 대해 바꾸라고 요구한 것이다.

"나한테 묻는 건 적당치 않아. 난 그 남자를 알지도 못하는걸. 지나가는 말로 이름만 들었을 뿐이야. 난 모르겠어. 자세한 것을 모르니까. 하지만 내 생각에 자네는 사랑이 어떤 절대적이

라고 이야기하려는 것 같은데."

이 문장을 그대로 대사로 말하자, 그 배우는 이렇게 말한다.

"'난 그 남자를 알지도 못하는걸. 지나가는 말로 이름만 들었
을 뿐이야. 난 모르겠어. 자세한 것을 모르니까.' 이 네 문장은
모른다는 말을 반복하고 있어. 그냥 한 마디로 줄이자고. '난
그 남자를 몰라.'"

나는 그의 대사가 반가웠다.
물론 대작가인 레이먼드 카버의 문장이 잘못되었다는 얘기가
아니다. 사람들은 말할 때 이런 식으로 반복하는 경우가 아주
많다.
그러나 글을 쓸 때는 반복의 표현을 줄여야 한다. 반복이 똑같
은 말을 반복하는 말이 아니라 같은 의미의 말을 다르게 반복
하는 예가 많기 때문이다.
글쓰기 수업에서 수강생이 쓴 문장을 예로 들면 아래와 같다.

"벤의 인생도 활기를 찾게 된다. 함께 일하는 회사의 마사지사 여성과 사랑도 하게 되고, 운동도 하면서 활기찬 인생을 살게 된다."

여기에는 '벤이 활기를 찾는다'라는 말이 반복된다. 이 문장에서 반복되는 부분을 빼면 다음과 같이 정리할 수 있다.

"벤은 함께 일하는 마사지사와 사랑을 하고, 운동도 하면서 활기차게 살아간다."

앞부분에서 '활기를 찾게 된다'라는 문장을 삭제한 후 마지막의 '활기'만 살려보았다.

또 다른 수강생의 문장이다.
"아침이 오는 새벽 시간이 좋다."
이 문장은 "새벽이 좋다."고 간략히 줄일 수 있다. '새벽' 속에 '아침이 오는' 의미가 이미 들어 있다. 또 새벽이란 단어에 '시간'도 포함되어 있다.

물론 특별한 의미를 부여하거나 의도를 가지고 반복할 수도 있지만, 그렇지 않은 경우라면 불필요한 반복을 줄이는 게 독자들이 읽기 편하다.

반복을 줄인다는 건 같은 단어의 반복뿐 아니라 같은 의미를 다른 말로 반복하는 것 또한 삭제하는 걸 포함한다.

다음은 형식적인 문장 수정의 단계다.

나는 이 단계를 감정은 완전히 배제하고 '기계적인 수정의 단계'라고 이름 붙였다. 그 이유는 독자들에게 가독성이 좋도록 형식을 손보는 작업이라고 생각해서다.

내가 기계적으로 문장을 손보는 방법은 대충 이렇다.

우선 구성이나 내용에서 더 손 댈 필요가 없이 수정했다고 생각하면, 이제는 '어미'만 읽어보면서 '생각한다', '본다', '깨닫는다', '안다' 등등 무심히 반복하는 어미들을 삭제하거나 바꾼다.

그다음은 문장 끊기를 하는데, 이때는 내용을 보지 말고 시각적으로 문장의 길이만 본다. 문장이 길다 싶은 곳만 읽으면서 그 사이에서 문장을 나눈다.

문장을 나눌 때는 접속사를 사용하지 않고 나누려고 한다. 대부분은 접속사가 없이 '~다'로 끝내고 다음 문장으로 바로 이어져도 내용은 자연스럽게 이어진다. 지금 이 문장들도 접속사 없이 이어진 문장들이다.

또 부사, 형용사들만 찾아보면서 지운다. 예를 들면 '정말 일찍 도착했다'라는 문장에서 '정말'을 삭제한다. 이와 비슷한 단어 중에는 '굉장히', '꽤', '많이' 등이 있다.

마지막으로 진짜 기계의 도움을 받아 맞춤법 도구를 돌린다.

가장 마지막 단계에 이 작업을 해야 하는데, 그 이유는 맞춤법 도구를 돌린 후에 내용 수정을 한다면 또다시 맞춤법 도구를 돌려야 하기 때문이다.

그러면 정말 작업이 끝났을까?

아니다. 책이 되어 더 수정할 수 없을 때까지 고치고 또 고친다. 인쇄하기 전까지 수정 작업은 계속된다.

세상의 빛을 보는 초고를 위하여

제가 쓴 글을 누군가 출판하고 싶어 한다는 사실이
항상 큰 위안이 되었습니다.
-닐 게이먼

이제 완성된 원고(초고에서 수정된)로 무엇을 할까? 애초부터 글이란 다른 사람에게 보이기 위해 쓰이는 게 아닐까?

보통 일기는 나만 보는 거라고 하지만, 글 쓰는 나와 독자의 나는 다르다. 일기를 쓸 때는 미래에 읽을 나를 독자로 상정하는 경우가 대부분이다.

그래서 일기가 책으로 출간되어 다른 사람에게 읽힐 수 있는 속성을 가졌는지도 모른다.

글이 나의 노트 혹은 나만의 컴퓨터에 있는 것이 아니라 공개를 한다면 어디에 할 수 있을지 생각해 보면 무궁무진하다.

가장 쉽게 공개할 수 있는 곳이 바로 SNS다.

많은 사람이 SNS에 글을 공개하는 데 대한 두려움이 있는데, 그중 하나가 바로 '누군가 읽을까 봐'라고 한다. 마치 내가 가게를 하나 차리려고 하는데 '사람들이 그 물건을 살까 봐' 걱정하는 것과 같다.

그러나 가게를 차리고 나면 안 팔려서 고민하듯, 글을 써서 올리면 사람들이 읽어주지 않아 의기소침해지는 일이 더 많을 것이다.

그렇다면 '읽을까 봐'보다는 '읽도록'을 고민하는 것이 좋다.

과연 내가 이 글을 인스타그램, 블로그에 올렸을 때 읽도록 하려면 어떻게 해야 할까?
물론 이웃 수가 많고 팔로우 수가 많은 게 중요하다고 할 수 있지만, 우선 '글'이 필요하다. 그리고 그 글은 재밌거나 의미가 있거나 잘 쓰거나 등등 사람들을 끌 만한 요소가 반드시 있

어야 한다.

그렇지만 이런 것도 단번에 알기는 어렵다. 그래서 이런 글 저런 글을 써서 올려보고, 또 팔로우도 늘려보고, 이웃도 늘려보며, 내 글이 독자에게 닿기를 노력해야 한다.

SNS의 글쓰기 플랫폼 중에 '브런치 스토리'가 있다.

책과 가장 유사한 형태의 글쓰기를 할 수 있으며, 글 몇 편을 모아 '브런치 북'으로 엮을 수 있다. 이때 목차를 정해보는 등 책을 만드는 것과 비슷한 글쓰기를 경험할 수 있는 공간이다.

자기 마음대로 글을 올릴 수 있는 SNS에 반해, 조금 강제성이 있는 글쓰기로는 각종 서포터즈나 시민기자 등을 들 수 있다. 이 경우 기한 내에 글을 써야 하는 마감을 통해 완성품을 내놓는 법, 또 누군가 내 글을 점검해주는 '필터링'을 경험하게 된다. 이런 과정을 통해 글쓰기는 한층 발전한다.

그다음은 각종 공모전에 도전해 보는 것이다.

인터넷에서 공모전만 검색해도 정말 많은 공모전을 찾을 수 있다. 공모전을 모아서 보여주는 사이트도 있다.

필자의 강의를 들은 수강생 중에는 공모전에 응모하고 또 당선된 사람들도 있는데, 이 또한 한 번에 당선한 사람은 거의 없다. 수많은 시도 끝에 당선의 결과를 얻는다.

원고를 모아서 책을 내는 방법도 있다.

직접 기획서를 써서 출판사에 메일을 보내 출간하는 방법도 있고, SNS에 글을 올려서 출간 제의를 받는 예도 있다.

그렇지만 출간이 출간만으로 끝이 아니다. 책을 출간하면 '북 토크'라던가 '서평단' 등 책을 홍보하기 위한 활동을 해야 한다.

그러기 위해서는 작가의 SNS가 중요한 채널이 되므로 SNS 활동을 활발히 하는 것도 중요하다.

간혹 신비주의를 표방하는 작가도 있다. 그러나 신비주의로 인기를 끈다면 작가 외에 그 신비주의를 관리하는 누군가가 있다는 뜻이 된다. 따라서 아무것도 하지 않고 글만 써서 명성을 유지하는 작가는 없다고 보는 것이 맞다.

내가 일본에서 '드라마 작가' 수업을 받은 적이 있다. 부족한 일본어로 각본 두 편을 쓰면서 많은 것을 배웠지만, 그중 가장 기억에 남고 또 지금까지 작가 생활을 하면서 큰 도움이 된 이야기가 있다.

동양권 사람들은 남에게 무언가를 줄 때 "별 것 아니지만…"이라고 말하며 주는 관습이 있다. 원고를 줄 때도 "별 것 아니지만 읽어보세요."라고 말하는 경우가 있는데 절대로 이 말을 하지 말라고 했다.

별 것 아니라고 말하면 진짜 원고가 별 것 아닌 것처럼 보인다고. 오히려 "내가 이번에 열심히 쓴 원고인데 한 번 봐 달라."고 말하는 게 낫다고.

그렇다. 내 원고는 앞으로 세상에 나올 귀중한 원고이다.

따로 혹은 함께 쓰는 법

하나의 신, 많은 얼굴들
하나의 가족, 많은 인종들
하나의 진실, 많은 경로들
하나의 심장, 많은 기분들.
하나의 빛, 많은 투영들.
하나의 세상, 많은 불완전함들.
하나.
우리는 모두 하나.
그러나 다수.
– 수지 카셈

누군가는 말했다. 작가가 글만 쓰지 않는다면 좋은 직업이라고. 비단 작가만은 아닌 것 같다. 회사원도 회사만 안 다니면 좋은 직업이고, 학생도 공부를 안하면 좋은 직업이라고 할 수 있지 않을까.

나는 글쓰기를 가르치면서 '나도 글쓰기가 어렵고 힘들다'고 말한다.

실제로 그렇다. 글을 쓰려고 자리에 앉으려는 것부터가 쉽지 않다. 요즘에는 스마트폰으로 많은 것을 할 수 있는 탓에 누워서 영상도 보고, SNS도 하고, 카톡도 하고, 게임도 하다보면 정작 책상 앞에 앉아 글을 쓸 의지가 생기지 않는다.

물론 책상 앞에 앉는다고 끝이 아니다. 어느 때는 제목이 생각나지 않고, 첫 줄이 막막하기도 하며, 아이디어가 떠올라 쓰다보면 과연 제대로 쓰고 있는 것인지 결론이 마음에 들지 않는다.

어찌 됐든 초고를 끝내 놓는다. 그리고 시간이 날 때 다시 고쳐야겠다고 생각하지만 다시 책상 앞에 앉기가 힘들다.

내 경험으로 말하자면, 그래도 초고를 쓸 때는 성취감이 있다.

그런데 '고쳐 쓰기'는 지루하고 보잘 것 없는 내 인생을 다시 사는 것만큼이나 괴롭다.

사람은 꾀가 많은 동물이라 좋은 글이 되려면 많이 뜯어 고쳐야 한다는 걸 알면서도 조금만 고치면 되지 않을까 잔머리를 쓰기도 한다. 그러다 보면 역시나 내 마음에도 부족한 원고가 완성된다.

그렇지만 글쓰기만큼 혼자 해야 하는 일은 없다. 나는 강사로도 활동하고 있는데, 강사는 혼자서 하는 일이 아니라 대상이 있어야 한다. 그러다보니 긴장감도 있지만 외롭지는 않다. 일하는 시간 동안 누군가와 함께이기 때문이다.

그러나 글은 혼자 노트북 앞에 앉아 키보드를 두드려야 한다. 더구나 한두 시간에 끝나는 일이 아니다. 책 한 권을 완성할 때는 매일 몇 시간이고 혼자 앉아 해내야 하는 일이다.

그래서 나는 '글쓰기 모임'에 참여하기를 권한다. 나는 3개 정도의 글쓰기 모임을 하고 있다. 글쓰기 모임에도 여러 가지 방법이 있다.

나는 쓰기 전에 '읽기'를 강조하는 만큼 읽기와 쓰기를 함께 하고 있다. 우선 글쓰기 모임을 하면 아이러니하게도 혼자 글 쓰는 시간이 확보된다. 혼자 글을 쓰지만 모임에 있는 사람들도 혼자 글을 쓰고 있으리라는 상상력이 큰 힘이 되니까.

나는 글쓰기 강사를 하면서 내가 쓰는 것보다 글쓰기를 가르치는 일이 더 재미있었다. 그리고 수강생들의 글쓰기 실력이 향상되는 것을 보며 뿌듯했다.

그런데 한편으로는 내 글을 수강생들에게 보이는 것이 부끄러웠다. 수강생들이 내 글을 보고 "가르치는 사람이 정작 별로 잘 쓰지 못하네."라고 말할까봐 두려웠다.

그러나 역지사지라고 했던가. 수강생들도 나에게 글을 제출할 때 얼마나 긴장할까 싶었다. 나는 절대 비난도 하지 않고 어떤 글이라도 괜찮다고 하지만, 막상 보내는 입장은 다르다는 것도 알고 있다.

그래서 나도 글을 써서 수강생에게 보여준다. 이런 글을 쓰고 있다고 알려준다. 이 의도는 나를 보고 따라하라는 선생님으로서의 의도가 아니라 나도 함께 글을 쓰고 있고, 여전히 보여주기에는 부끄럽지만 용기를 내고 있다는 동지의식에서이다.

'글쓰기 모임'에서 가장 부담되는 시간은 '합평'의 시간이다.
《중급한국어》책에서 보면 '합평'이란, '상대방의 영혼에 지울
수 없는 상처를 주는 시간'이란 표현이 나온다. 그만큼 서로의
글을 읽고 평가하는 시간은 '위험한' 시간이다.

그러나 나는 이 '합평'의 시간이 상처가 아니라 꼭 필요한 시
간이길 바라는 마음으로 몇 가지 장치를 고안했다. 첫번째는
'합평' 전에 나에게 먼저 제출해서 서로 상의하는 시간을 갖는
것이다.

'개별첨삭'이라는 시간으로 진행되지만, 내가 주로 하는 일은
'빨간 글씨'로 문장을 고쳐주는 게 아니라 왜 이 글을 썼는지,
이 글이 어떤 방향으로 가야하는지를 상의하는 시간이 된다.
그렇게 대화를 하다보면 저절로 수정 방향이 정해지고, 이를
토대로 수정한 뒤에 합평의 시간을 가지면 좋은 평가를 듣는
경우가 많다.

그리고 다른 하나는 '비판'을 적게 하는 분위기를 조성한다.

일단 쓰느라 노력했고, 잘 썼다는 이야기로 시작한다. 칭찬보다 비판을 더 크게 듣는 사람의 마음인지라 칭찬 속에서 원고의 부족함이 조금이라도 이야기 된다면 그 부족함에 귀를 기울일 수밖에 없다. 그러니 좋은 이야기가 많고 단점과 지적이 적다고 도움이 안될 이유는 없다.

이 두 가지 방법이 내가 '합평'이 상처를 받는 시간이 아닌 도움이 되는 시간으로 바꾼 방법이기도 하다. '합평'이란 세상에 나갈 의지를 꺾는 시간이 아니라 세상에 나갈 수 있는 용기를 주는 시간이어야 한다.

작가가 되고도 'NO'를 견뎌야 합니다

거절은 나에게 계속 노력하고 더 잘하려고 노력하도록
동기를 부여합니다.
- 사샤 그레이

작가가 되면 얻게 되는 두 가지 기회가 있다.

하나는 '글 쓰는 기회'다. 작가가 되면 우선 출판사에서 책을 내자는 제안이 오고, 그 다음 잡지나 사보 등 각종 매체에서 의뢰가 온다.

작가마다 달라서 어느 정도 편차가 있겠지만 어쨌든 '원고 청탁'이라는 걸 받는다. 여기까지 말하면 '와~' 하고 감탄하거나 작가니까 당연한 기회를 얻는 거로 생각할지 모르겠다.

그래서 바로 작가가 되면 얻는 두 번째 기회를 이야기하려고 한다. 그 두 번째 기회는 '거절'이다.

거절하는 기회? 아니다. 거절당하는 기회다.

하나가 글 쓰는 기회고, 또 하나가 거절당하는 기회라니 아이러니하다. 그러나 이게 현실이다.

벌써 몇 십 년 전의 일이지만 박세리가 LPGA에서 처음 우승하던 날, 한 여성 잡지에서 급히 연락을 받고 박세리 엄마를 취재한 적이 있다. 이게 바로 '글 쓰는 기회'다.

그래서 열심히 취재하고 기사를 썼다. 기사는 잡지에 나왔지만, 그 후로 나는 그 편집장에게 연락을 받지 못했다.

이런 일이 생기는 게 나만이 아니란 걸 알기에 이렇게 말할 수 있다. 물론 그 후에 다른 잡지사에서 연락을 받고 글을 쓴 경험은 여러 번 있지만, 그 잡지사에서는 더 연락이 없었다.

출판사에서 연락이 와서 미팅하고 기획서까지 작성한 후에 "이번 건은 진행하기 어렵습니다."라는 답을 들은 경우도 몇 번 있다. 그럴 때 스스로 위로한다. '원래 내가 하기 싫었던 작업'이라고.

나의 글쓰기 스승님이 강의 중에 이런 이야기를 했다.

그분은 유명 문학상으로 등단한 뒤 교사를 그만두고 전업 작가를 선언했다. 그런데 어느 지방의 축제 기사를 썼는데 바로 빠꾸(좋은 표현은 아니지만, 이 말이 딱 맞은 느낌이기에) 맞아 너무 창피했다고.

이런 일은 비일비재하다.

또 이야기하자면 내가 좋아하는 작가 《빅 피처》를 쓴 더글라스 케네디는, 《빅 피처》 후에 쓴 소설이 거절당해서 우울증에 걸렸다고 했다. 이처럼 소설이 성공한 후에도 '거절'은 작가를 괴롭힌다.

반대의 이야기를 하자면 '마돈나'의 경우다.

'ABBA'라는 유명 그룹은 자신의 노래를 다른 사람에게 '피처링'을 주지 않기로 유명하다고 한다. 그런데 마돈나가 피처링을 하기 위해 메일도 보내고 전화도 했지만 모두 거절당하자, 결국에는 직접 찾아가서 사정하고 피처링을 받아왔다고 한다. 이는 마돈나가 무명 시절이 아니라 당연히 유명했을 때 이야기다.

마돈나의 피처링을 거절한 ABBA도 놀랍고, 또 그에 굴하지 않고 끝까지 피처링 허락을 받아낸 마돈나도 대단하다 생각했다. 마돈나라면 굳이 ABBA 피처링을 안 해도 충분히 좋은 노래를 부를 수 있지 않았을까 싶은데 말이다.

사람들은 생각이 달라서 상처받는 게 아니라 자기 생각이 거절당해서 상처받는다고 한다.

작가가 되는 순간 다른 사람들보다 어쩌면 더 많은 '거절'의 기회를 얻게 되는지도 모른다. 다만 이런 거절에 어떻게 대처할지 고민하고 이런 일이 있음에도 불구하고 앞으로 나가는 게 계속 작가로 살아갈 방법이다.

그래서 나는 어떤 사람들의 명성도 부럽지 않다. 그 명성만큼이나 수많은 거절을 거쳐 왔을 테니 말이다.

만약 거절을 덜 경험했다면 잘나거나 능력이 뛰어나서가 아니라 그만큼 덜 시도했다는 뜻이라고 생각한다.

그럼 나는 그 거절을 어떻게 견디고 있냐고? 빨리 잊으려 노력할 뿐이다.

어떻게 잊냐고? 계속 쓴다. 다시 쓰거나 새로운 글을 쓰거나, '쓰는 것만이 복수이고, 내가 살 길이다'라고 생각하며 말이다.

작가의 양심과 도덕에 관하여

인터넷 덕분에 표절이 쉬워졌다.
그러나 적발은 더 쉬워졌다.
- 모코코마 모코노아나

"작가님, 수업 중에 해주신 얘기가 마음에 남아서 그런데 제가 시로 썼어요. 혹시 보시고 문제가 되는지 봐주세요."

내 강의를 듣는 분에게 이런 연락을 받았다. 내가 허락하지 않는다면 절대로 발표하지 않겠다는 말도 덧붙였다.

나는 일단 시를 읽어 보고 괜찮다고 답을 드렸다. 그리고 표절과 사생활에 대한 의식이 많이 높아졌다는 생각을 했다.

안그래도 얼마 전에 크게 기사가 난 적이 있다. 어떤 작가가 과거의 여자 친구 사생활에 관해 자신의 소설에 썼는데, 이별 후에 이 소설을 읽은 여자 친구(이 분도 작가다.)는 더 이상 소설을 판매하지 말아달라고 요청했다.

이번이 처음이 아니었다. 과거에도 비슷한 사건이 있었다. 그리고 우리들의 일상에서도 글은 아니더라도 이와 비슷한 일이 일어난다. 그래서 '말조심'이란 말이 있다. 하지만 나는 '글조심'도 당연히 필요하다는 생각을 한다.

물론 사람이니까 미리 생각하지 못하고 실수를 할 수도 있다. 문제는 바로 대응이다. 다른 사람이 사생활을 써서 상처를 줬다면 사과하고, 그 글을 삭제 혹은 판매 중지하는 게 맞다고 생각한다.

물론 글을 쓴 사람으로서는 아쉽고 아까울 수 있다. 그러나 상대방에게 상처를 주는 일은 하지 않아야 한다. 타인의 사생활을 소재로 써서 상처를 주는 행위는 당연히 조심해야 하고, 만약 의식하지 못했다면 바로 대응해야 한다.

작가는 다른 사람의 상처를 위로하면 위로했지 상처를 줘서는 안된다. 이게 바로 작가의 도덕의식이 아닐까.

또 하나, 작가로서 해서는 안될 일이 표절이다.

나도 표절 사건을 몇 번 겪은 적이 있다. 그때마다 느낀 것이지만 표절을 한 사람은 상당히 뻔뻔했다.

사과는 커녕 '몰랐다'는 말과 함께 글을 삭제해달라고 요청하자 그것은 받아들이지 못하겠다고 했다. 그리고 그 후로도 '작가'라는 타이틀을 달고 계속 활동하고 있다.

솔직히 표절 당한 나의 글만 다른 사람 눈에 띄지 않으면 아무런 문제 없이 활동할 수 있다는 계산까지 하고 있는 것 같아 괘씸하지만, 법률적으로 할 수 있는 일이 별로 없다는 데 더 화가 날 뿐이었다.

학교 다니면서 리포트를 제출할 때 자료를 찾아 베꼈거나 친구의 리포트를 베꼈던 경험, 누구나 한번쯤은 있을 것이다. 당연히 잘못된 일이다. 내가 대학을 다닐 때만 해도 교수님이 리포트를 베끼면 두 사람 다 영점 처리를 하겠다고 했다.

그러나 성적 때문에 어쩔 수 없이 제출해야 하는 숙제가 아닌 블로그나 SNS에 글을 쓰고 이를 책으로 출간한다는 사실. 하물며 자신의 글이 아닌 타인의 글을 베낀다는 것은 이해도 안 될 뿐더러 용납할 수 없다.

이건 작가를 떠나 한 인간으로서 양심과 도덕성을 의심할 만하다.

글을 못 쓰겠다면 다른 일을 하면 된다. 세상에는 길이 하나만 있는 게 아니라 여러 가지가 있다.

타인을 속이는 것보다 스스로를 속이는 것이 더 무섭다는 것을 나이가 들수록 깨닫는다. 작가로서 글을 잘 쓰고 못 쓰고보다 도덕성과 양심을 지키는 것이 더 먼저임을 우리 모두가 알고 있는 상식이다.

5장_
글쓰기를 위한 책, 영화, 음악
그리고 여행

글쓰기가 막힐 때 읽어보세요

신이 세상을 살아가기 위해 인간의 영혼에 심어준
미적 감각을 잃지 않으려면
매일 조금씩이라도
음악을 듣고, 시를 읽고, 좋은 그림을 봐야 한다.
- 요한 볼프강 폰 괴테

그럴 때가 있다.

낭떠러지라면 떨어지기라도 하련만 벽에 부딪혀서 도저히 앞으로 나갈 수 없을 때. 인생도 그렇지만 글쓰기도 그렇다. 더 이상의 진전이 없을 때가 있다.

그럴 때는 혼란스럽다. 계속 책상 앞에 앉아 있을 것인지 아니면 잠시 쉬었다가 다시 할지 말이다. 그렇지만 쉴 때도 쉬는 게 아니다. 방금 쓰고 있던 내용들이 머릴 꽉 채우고 또 써야만 한다는 생각에 벗어나지도 못한다.

나는 이럴 때 '딴 짓'을 해야 한다고 생각하는데 그 중 하나가 '읽기'다.

나는 책과 생활공간을 분리시키지 못했다. 그래서 책상 위를 시작으로 침대, 거실, 부엌 등등 내가 조금이라도 머무는 곳에는 책이 있다. 읽다가 그 자리를 뜨면 책은 놔두고 몸만 움직인다. 그러다 보니 모든 곳에 아직 완독하지 못한 책들이 날 기다리고 있다.

책들을 읽다 보면 어느 새 글이 쓰고 싶어져 책상 앞에 앉게 될 때도 있다. (자주는 아니더라도^^)

QR코드로 더 많은
책 리스트를 확인하세요.

글이 쓰고 싶어지는 책

병아리

(다비드 칼리 지음 / 빨간콩 / 2021)

이 책은 그림책이다. '위대한 작가의 탄생'이라는 부제가 말해
주듯 그림책의 주인공은 작가가 되고 싶은 남자다. 그는 열심
히 소설을 써서 출판사에 투고하지만 계속 거절당한다. 거절
에 지친 주인공은 그렇다면 아예 우스꽝스럽고 심지어 제목도
흔한 '병아리'라고 이름을 붙여 출판사에 보낸다. 그런데 본인
의 예상과 달리 '병아리'를 출간하게 된다. 그 후 그는 《병아
리》로 인기 작가가 된다.

책 속의 책 제목도 '병아리'이지만 이 책 제목도 '병아리'이다.
작가가 되고 싶은데 계속 거절만 당하고 있다면 한 번 읽어보

길 권한다.

이렇게 작가가 되었습니다

(정아은 지음 / 마름모 / 2023)

정아은 작가는 "어떻게 해서 '작가'의 핵심 정체성에 이르게 되었는지를 정확하게 써서 드러내고 싶었다."라고 이 책에 대해 말한다.

정아은 작가는 '한겨레문학상'을 수상한 작가다. 우리는 이런 작가라면 순탄하게 작가 생활을 할 것이라 생각한다. 그러나 수상식에서 들은 이야기는 "앞으로 그 이상의 수입은 없을 것이다."라는 작가들의 얘기였다.

작가들이 책으로 버는 수입이 적다는 건 알고 있지만 얼마나 적은지 또 어떻게 생계를 이어갈 수 있는지에 대한 이야기를 하는 책은 드물다. 글 쓰는 것만이 아니라 그 외의 어떤 것들로 작가가 살아가고 있는지 솔직하게 이야기 해주는 책이다.

누구나 글을 잘 쓸 수 있다

(로버타 진 브라이언트 지음 / 예담 / 2004)

글쓰기에 관한 정말 많은 책이 있지만 그 중에 꼭 소개하고 싶은 책 중에 하나이다. 현재 절판이지만 도서관이나 중고서점에서 구해서 읽을 수 있다.

'작가란 오늘 아침에 글을 쓴 사람이다'라는 말을 한 사람이기도 하고, 글쓰기 일곱 가지 법칙을 이야기 한다. 그 중 네 가지만 이야기할 테니 나머지 세 가지는 직접 책을 읽어보기를 권한다.

1. 글쓰기는 행동이다. 2. 열정적으로 쓰라. 3. 정직하게 쓰라. 알몸을 드러내라. 4. 재미로 쓰라, 자기를 위해!

중급 한국어
(문지혁 지음 / 민음사 / 2023)

뉴욕에서 외국인들에게 한국어를 가르치는 이야기를 소설로 쓴 《초급 한국어》의 후속편이다. 《중급 한국어》는 전편에서 외국인을 가르쳤던 뉴욕의 대학을 그만 두고 한국에 와서 대학교에서 학생들에게 작문을 가르친다. 글쓰기 과정을 소설에 담았다.

작가가 자신의 이야기를 쓴다는 것이 무엇인지를 잘 보여주는 소설이다. 보통 글을 쓸 때는 거창한 것이나 남들과 다른 것을 쓰려고 하는데 남들과 비슷한 나의 일상, 혹은 누구나 겪는 탄생, 이별, 죽음 등의 이야기들을 지적인 위트로 썼다.

우리가 반복하는 매일이 소중한 글감이 될 수도 있다는 걸 알게 된다면 행복한 일상을 사는 첫걸음이라는 걸 알려준 소설이다.

문장 연습에 도움 되는 책

묘사의 힘

(샌드라 거스 지음 / 윌북 / 2021)

소설을 쓰는데 가장 어려워하는 부분이 '묘사'다. 소설만이 아니다. 무언가 생생하고 구체적인 감각을 독자들에게 전달하고 싶다면 묘사는 여러 글에서 활용할 수 있다.

묘사가 무엇이고 어떻게 쓰는지 도움 되는 책이다. 소설을 쓰

고 싶다면, 소설에서 2% 부족함을 느낄 때 읽으면 좋을 책이
다.

인간의 130가지 감정표현법
(안젤라 애커만, 베카 푸글리시 지음 / 인피니티북스 / 2010)

첫 번째, '간담이 서늘하다 / 끔찍하다'부터 제목 그대로 130
번째인 '히스테리 / 발작하다'까지 이런 감정을 나타낼 수 있
는 얼굴 표정부터 태도까지 사람이 표현하는 문장들을 예로
보여주고 있다.
감정표현을 하는데 한정된 표현만 쓰고 있다면 참고해서 다양
한 표현법을 익힐 수 있다.

문장의 맛
(마크 포사이스 지음 / 비아북 / 2023)
문장에 멋을 내고 싶다면 추천하는 책이다. 보통 문장을 고칠
때는 문법에 맞지 않는 비문, 틀린 맞춤법 등을 생각하는데 더
아름다운 문장을 만들려면 어떻게 해야 할지 모르는 사람들이

많다.

문장을 아름답게 쓰는 것을 '수사법'이라고 한다면 이 책은 39가지의 수사법을 소개하고 있다. 국어 시간에도 배우지 못한 수사법을 통해 나만의 아름다운 문장을 완성해 가자.

좋은 문장 표현에서 문장 부호까지

(이수연 지음 / 마리북스 / 2024)

올바른 문장 쓰기에 관한 책이다. 문법적으로 잘못된 비문을 없애고, 정확한 단어를 쓰고, 구와 문장을 구별하고 어법에 맞는 표현을 쓰는 것을 알려준다.

문학보다는 어학을 알려주는 책으로 우리가 국어 시간에 배웠던 것을 복습하고 좀 더 명확한 언어 사용을 할 수 있는 도움을 준다.

다양한 장르의 글을 연습하는데 도움 되는 책

글쓰는 삶을 위한 일 년

(수전 티베르기앵 지음 / 책세상 / 2016)

제목 중에 '일 년'이 맘에 들었다. 글쓰기를 일 년 정도는 해봐야 알지 않을까 싶다. 이 책에는 일기 쓰기로 시작해 에세이 쓰기, 초단편 소설 쓰기, 회고록 쓰기 등 다양한 장르의 글쓰기를 제시하고 있다.

처음 글을 쓰는 사람은 자신이 잘 쓰는 장르도 모를 때가 많다. 우선 한 장르에 국한하지 않고 일 년쯤 이대로 다양한 글쓰기를 해보면 어떨까.

서평쓰기에 도움 되는 책

책읽고 글쓰기

(나민애 지음 / 서울문화사 / 2020)

서평은 어렵다고 생각하기 쉬운데, 비평 전문가들이 쓰는 그런 서평만이 아니라 일반 독자로서 책을 읽고 SNS에 남기는 서평부터 본격적 서평까지 친절하게 설명해주고 안내해주는 책이다. 서평의 기본 형식을 제공해주고 있어 그대로 따라 쓰기만 해도 훌륭한 서평이 완성된다. 나태주 시인의 딸이며, 서울대 나민애 교수의 책이다.

고쳐 쓰기에 도움 되는 책

퇴고의 힘

(맷 벨 지음 / 윌북 / 2023)

초고는 어찌어찌 완성한다 해도 그 다음 퇴고에서 막막한 사람들이 많다. 그리고 고치란 이야기를 들었지만 어디서부터 손을 대야할지도 모르겠다.

그러나 모든 글은 고칠수록 심지어 여러 번 고칠수록 좋은 글이 된다. 다만 고쳐 쓰는 작업이 어렵고 힘들다. 그러나 어디서부터 고치고 어떤 글이 완성도가 높은지를 알게 된다면 현재의 글쓰기보다 한 차원 높은 글쓰기를 할 수 있다.

거장들의 장점을 배울 수 있는 책

위대한 작가는 어떻게 쓰는가

(윌리엄 케인 지음 / 고유서가 / 2017)

글을 잘 쓰는 방법을 알려주는 책은 많다. 그러나 실제 작가들이 어떻게 쓰고 있고, 그 작가들의 장단점이 어떤지 알려주는 책은 많지 않다. 심지어 한 작가에 대해서가 아니라 발자크부터 스티븐 킹까지 21명의 작가들에 대해 구성과 문체를 정리해서 알려준다.

실은 이 책을 쓴 윌리엄 케인이 대단하다고 느껴진다. 21명의 작가들의 책을 다 읽고 분석했다는 그 자체만으로도 놀랍다. 윌리엄 케인에게 감사하며 이 책을 통해 작가들의 실제 작품을 읽으며 많이 배웠다.

영화 속 글쓰기, 영화 속 작가들

영화는 문학, 연극, 음악, 그리고 모든 시각 예술이
복잡하게 충돌한 작품입니다..
- 야후 시리어스

영상과 텍스트의 관계를 종종 생각한다. 거창한 이유가 아니다. 마음으로는 글을 써야지 하면서 침대에 누워 유튜브를 보다가 시간이 훌쩍 흘러갈 때를 종종 경험하기 때문이다.

일단 유튜브를 보기 시작하면 글을 쓰려고 했던 시간은 순식간에 증발하고, 일을 하러 가야 하거나 아니면 다른 일을 해야할 시간이 되고 만다.

그래서 나는 한 동안 글쓰기의 적은 '유튜브'라고 생각한 적도 있다.

그만큼 영상의 힘은 대단하다. 텍스트가 가지기 어려운 몰입과 파급력을 가질 때가 많다.

많은 사람들이 영상은 봐도 글을 읽지 않는 시대가 된 것이 현실이다. 이런 상황에서 영상과 텍스트는 어떤 상호작용을 하고 있을까?

영상과 텍스트는 절대로 적대적 관계가 아니다.

나는 영화를 보고 마음에 들면 원작 소설이 있는지 찾아본다.

대부분 재미있거나 감동적인 영화는 원작 소설이 있는 경우가 많다.

그러면 나는 원작 소설을 찾아 읽는다. 영화에서 구현하지 못한 부분이나 이해할 수 없었던 스토리가 원작에서는 자세히 설명된 경우가 많아서 영화를 이해하는데 도움이 많이 된다.
그리고 자신의 작품이 영화가 되길 원한다면 각본가가 되기보다는 원작 소설이 히트해서 영화가 되는 길이 더 빠르다고도 한다.

좋은 영화의 기본은 많은 경우가 원작 소설이 있다. 이 이야기는 우리가 읽지 않는다고 생각하는 텍스트가 여전히 영화를 만드는데 큰 역할을 하고 있다는 것이다.
그러니 영상이 텍스트를 밀어내는 게 아니라 텍스트를 기본으로 더 성장하고 있는 셈이다.

QR코드로 더 많은
영화 리스트를 확인하세요.

영화에서 글쓰기나 작가를 다룬 작품도 많이 있다. 실제로 그런 작품을 보면서 나는 어떤 작가가 될 것인지 어떤 글을 쓸지 생각해보는 중요한 계기가 된다.

글쓰기가 인생을 바꿀 때

프리덤 라이터스 다이어리(Freedom writers)

(리처드 라그라브네스 감독, 2007)

1999년 에린 그루웰이 실화를 바탕으로 쓴 책을 영화한 작품이다. 에린 그루웰은 슬램가의 학교에 교사가 된다. 학생들을 골칫거리로만 보는 다른 선생님들과 달리 학생들을 이해하려는 그녀는 결국 책을 읽게 하고 글을 쓰게 한다. 그리고 그 글은 아이들을 변하게 한다.

그 동안 폭력과 마약에 찌들어 있던 아이들이 책을 읽고 글을 쓰고 상급학교에 진학하려는 목표를 갖는다. 우리는, 글은 이미 인생을 바꾼 사람이 쓰는 것이라고 생각한다. 그러나 글을 써가며 인생을 바꿀 수 있다는 것을 보여주는 영화다.

작가의 길을 걷는다는 것

트럼보((Trumbo)

(제이 로치 감독, 2016)

〈로마의 휴일〉은 알아도 로마의 휴일을 쓴 작가 '트럼보'를 모르는 사람은 많다. 왜냐면 〈로마의 휴일〉은 그의 이름이 아니라 그의 친구인 이언 매클렐런 헌터의 이름으로 발표됐다. 지금은 공동 작가로 이름이 올라와 있다.

그러나 초기에 그럴 수밖에 없었던 것이 공산주의에 잠시 동조했다는 이유로 자신의 이름으로 작품을 발표할 수 없었고, 아카데미 극본상도 다른 사람의 이름으로 두 번이나 받았다. 그런 그가 계속 글을 썼다는 것이 무엇을 의미할까? 다른 사람의 이름으로라도 계속 글을 쓸 수밖에 없었던 그의 인생을 통해 작가의 길을 다시 한 번 생각하게 한다.

시를 진짜로 이해하는 방법

시(Poetry)

(이창동 감독, 2010)

우리는 시가 아름답고 정적인 것으로 생각한다. 또한 현실과 멀찍이 떨어진 정서와 사유를 표현하는 것이라고. 그런데 이 작품은 얼마나 시가 현실과 가까운 것인지 이제는 고인이 된 윤정희 배우가 보여주고 있다.

이혼한 딸의 손자를 돌보며 낮에는 요양사로 일하는 할머니는 누가 봐도 곱게 늙어 우아하고 아름답다. 그러나 속사정은 본인만 안다고. 나이가 들어도 감당할 수 없는 현실은 더 버겁기만 하던 그녀는 시 쓰기 수업에 등록해 시 한편을 쓴다. 그 시는 그녀의 인생 그 자체이며 삶의 통찰이었다. 시란 무엇인가가 아니라 '시란 이것이다'라는 정답을 말해주는 것과 같은 영화다.

과거의 작가들을 만나고 싶다면

미드나잇 인 파리(Midnight in Paris)

(우디 앨런 감독, 2012)

우리는 현재보다 과거가 아름답고 과거의 작가가 훌륭하다고 생각할 때가 있다. 이 영화의 주인공 길이 그랬다. 약혼녀 식구들을 만나러 파리로 왔는데 시간의 마법으로 과거의 작가들을 만나게 된다. 헤밍웨이, 장 콕토, TS 엘리엇, 피츠제럴드, 거트루드 슈타인 등. 그 뿐만이 아니라 피카소, 달리 등 당대의 내로라 하는 예술가 등과 만난다. 이렇게 많은 작가와 예술가들을 한 영화에서 보기는 드물다. 또한 전 프랑스 대통령 사르코지 부인으로 유명한 카를라 부르니도 출연한다.

시대를 초월하는 버지니아 울프를 만나고 싶다면
디 아워스(The Hours)
(스티브 달드리 감독, 2003)

글을 쓰려면 자기만의 방과 일 년에 500파운드가 필요하다며 그걸 갖고 있던 버지니아 울프는 자살을 한다. 버지니아 울프의 자살을 시작으로 다른 시대의 여자들 세 명의 이야기가 펼쳐진다.

버지니아 울프의 소설 〈댈러웨이 부인〉이 연결 고리가 된다. 이 영화의 원작인 소설을 쓴 사람은 '마이클 커닝햄'으로 남자다. 마이클 커닝햄은 〈댈러웨이 부인〉을 읽고 감동 받아 소설

을 썼는데, 〈댈러웨이 부인〉의 비극적 패러디 느낌이 들기도
한다.

작가의 인생이 다른 사람에게 미치는 영향

타인의 삶(The lives of others)

(플로리안 헨켈 폰 도너스마르크 감독, 2007)

작가는 글을 써서 다른 사람을 변화시킨다고 한다면 이 영화
는 작가의 인생 그 자체가 다른 사람을 변화시킨 영화다.

동독의 비밀경찰 비즐러는 작가인 드라이만과 그의 애인 크리
스타를 24시간 도청하는 임무를 맡는다. 비즐러는 성실히 그
를 도청하면서 서서히 드라이만의 삶에 빠져든다. 책을 읽게
되고 위기에 빠진 그들을 구해주기도 한다.

통일이 되고 이 사실을 알게 된 드라이만. 드라이만은 그의 존
재를 알게 되지만 직접 만나지 않고 비즐러에게 바치는 책을
쓴다.

글쓰기와 음악이 만났습니다

음악은 말로 표현할 수 없는 것,
침묵할 수 없는 것을 표현합니다.
- 빅토르 위고

음악 또한 작가들에게 좋은 영감이자 글쓰기 파트너가 된다. 베르나르 베르베르는 신작 《퀸의 대각선》을 출간하며 책 뒤에 작업을 하면서 들었던 음악 리스트를 적어놓았다. 그 리스트를 보는 순간 이 곡을 듣는다면 베르베르와 같은 느낌으로 작업하는 기분이 날 것 같다는 생각도 해봤다.

송희구의 《나의 돈 많은 고등학교 친구》라는 소설에서는 뒤에 책에서 쓰여진 클래식 음악을 소개하고 있다.

우리에게 〈별〉로 잘 알려진 알퐁스 도데는 〈아를의 여인〉이란 단편소설이 히트하고 연극으로 만들어졌으나 연극은 크게 흥행하지 못하고, 연극에 삽입되었던 〈아를의 여인〉의 음악이 인기를 끌어 지금까지도 클래식 연주곡으로 환영받고 있다.

이 모두 소설이나 연극보다 음악으로 남은 경우이다. 나는 클

QR코드로 더 많은
음악 리스트를 확인하세요.

래식부터 K-POP까지 다양한 장르의 음악을 듣고 있는데, 장르가 다른 음악들도 서로 연결고리를 갖고 있다는 것을 발견하면 흥미롭다.

'포'와 '어른아이'의 만남
<애너벨 리> 어른 아이

에드거 앨런 포는 추리 소설이나 공포 소설로 유명하지만 <애너벨 리>라는 아름다운 시를 남겼다. 사랑하는 아내가 죽고 쓴 시라고 한다.

아주 오랜 옛날 / 바닷가 어느 왕국에 / 애너벨 리라는 이름의 / 한 소녀가 살고 있었습니다. / 이 소녀는 날 사랑하고 / 나의 사랑을 받는 것만 / 생각하고 살았습니다.
…이렇게 시작하는 시는 소녀의 무덤으로 끝난다.

이 시를 영어 그대로 인디밴드 '어른 아이'가 부른다. 뮤직 비디오는 바닷가 도로를 내려다보는 고정화면으로 제작되었는데, 사람과 차들이 오가고 시간이 변하는 작은 변화들이 왠지 모를 애잔함이 느껴진다.(궁금한 분은 앞 페이지 QR코드를 이용하면 소개 음악도 볼 수 있다.)

출판사에 원고를 투고하는 마음으로
\<Paperback writers\> 비틀즈

'페이퍼백'이란 책의 형태를 말하는 것으로 보통 하드커버의 책과 비교해서 쓴다.

보통 사람들이 가볍게 읽을 수 있는 소설들을 가벼운 종이와 종이커버로 만들었기에 '페이퍼백 라이터'란 말은 미스테리, 연애, 폭력 등의 사람들이 흥미로워할 주제로 전개가 빠른 책을 쓰는 사람을 뜻하는 말이다.

이 책의 내용은 작가가 출판사에서 편지를 보내는 내용으로 되어 있다. 자신이 이 소설을 몇 년 간 공들여 썼으며 어떤지 읽어보라고. 책을 내기 위해 투고 메일을 쓰는 심정이 투영되어 있다.

나는 너를 문학처럼 사랑해
<너는 나의 문학> 박소은

어렸을 때부터 문학을 좋아했다는 박소은은 우리에게 익숙한 헤밍웨이, 호밀밭의 파수꾼, 데미안 등 문학작품이 나오는 가사와 함께 연인에게 사랑을 고백하는 곡을 만들었다.

너는 어느 얼굴 없는 소설가의 문학 첫 문장 / 아니 그걸론 부족한데 / 너는 어느 이름 없는 소설가의 마지막 문장 / 안돼 이것도 부족한데….

이렇게 시작하는 노래는 너를 계속 읽고 싶다며, 너는 나의 마지막 문장이자 첫 문장이라고 끝을 맺는다.

이 노래 외에 <일기>라는 곡도 있다.

가난한 예술가들을 위한 진혼곡
<라보엠> 푸치니

오페라로 유명한 <라보엠>은 가난한 예술가들의 이야기다. 오페라 시작 부분에 등장하는 다락방의 화가와 작가는 너무 추워서 자신의 작품을 땔감으로 쓰려고 한다. 그림을 태우자니 냄새가 지독하다며 희곡을 쓴 종이를 태워 불을 쪼인다. 결말도 여자 친구인 미미가 죽는 비극이다.

그런데 이 작품은 소설이 원작이다. 소설가 '앙리 뮈르제'가 자신의 주변 친구들 이야기를 썼던 것이다.

19세기 파리만이 아니다. 21세기의 예술가들도 가난을 경험하며 예술을 하고 있다.

라보엠의 아름다운 선율은 비극적 결말로 흘러가지만 예술가들의 예술혼은 지금까지 작품에 남아 이어지고 있는 게 아닐까. 극 중 여자 친구 미미의 손을 잡고 부르는 〈그대의 찬 손〉은 애잔하다.

베토벤과 참을 수 없는 가벼움
〈현악 4중주 16번〉 베토벤

베토벤은 밀란 쿤데라의 《참을 수 없는 존재의 가벼움》에서 중요한 모티브가 된다. 실제로 밀란 쿤데라는 음악을 공부했었기에 작품에도 음악을 많이 활용했다. 특히 4명이 등장하는 방식은 꼭 현악4중주처럼 서로 비슷하면서도 다른 음색을 내며 조화를 이룬다.

그 중에 베토벤의 마지막 작품인 현악4중주 16번, 4악장에는 지금까지도 사람들에게 회자되는 악보가 쓰여 있다.(연주할 때는 연주되지는 않는다고 한다.)

Der schwer gefaßte Entschluß (어려운 결정)이라는 제목을 붙여놓고, Muß es sein? (꼭 그래야만 할까?)라고 썼고, 이에 그는 악장의 더 빠른 주제곡인 Es muß sein! (꼭 그래야만 해!)로 답하는 악보로 쓰여 있다.

이 이야기에 대해서는 여러 가지 설이 있지만 밀란 쿤데라는 소설 속에서 중요한 결정을 할 때 농담하듯 대화하는 식으로 써 놨다.

어쩌면 지금 이 책을 읽고 있는 분들도 글을 쓴다는 것이 어려운 결정이고, '꼭 그래야만 할까?' 라고 생각하다가 그래야만 한다고 생각하는 건 어닐까.

글 쓰고 싶어지는 외출도 있답니다

글 쓰는 사람 이미지로 쉽게 떠올릴 수 있는 건
고요히 책상 앞에 앉은 모습이지만
사실 저는 걸어가고 있다.
먼 길을 우회하고 때론 길을 잃고
시작점으로 돌아오고 다시 걸어 나간다
- 한강

'독서는 앉아서 하는 여행이고, 여행은 서서 하는 독서'라는 말이 있다.

동서고금을 막론하고 '여행기'는 문학의 한 장르이며 인기가 높다. 아마 '여행'에 대한 관점도 사람들마다 다를 것 같은데 젊었을 때는 내가 살고 있는 곳에서 먼 곳, 고생하는 여정, 또 오랜 시간이 걸리는 여행에 가치가 있다고 생각했다.

그런데 직접 여행을 해보고 또 세월이 흘러 생각하게 된 것은 여행 그 자체가 아니라 여행을 보는 '관점'이 중요하다는 것이었다.

'그자비에 드 메스트르'가 1796년에 쓴 《내 방 여행하는 법》이란 책을 읽은 적이 있다. 아마 세상에서 가장 가까운 여행지에 대한 책이 아닐까 싶다. 연도를 밝히지 않았다면 코로나 시절의 책이 아닐까 생각할 수도 있겠지만, 1796년 결투를 한 죄로 가택연금이 된 42일 동안의 이야기를 쓴 책이다.

침대, 의자, 벽에 걸린 그림 등 우리가 일상생활에서 사용하는 물건들을 여행자 관점으로 보니 많은 통찰이 있었다.

꼭 여행만이 아니다. '산책'은 걷기라는 운동과 사색을 즐길 수 있는 활동이다.

나처럼 게으르고 움직이기 싫어하는 사람에게는 다소 강제적인 장치가 필요한데 강아지와 산책한다.

인간이 진화하며 소홀해진 신체 능력은 인간의 뇌에게도 영향을 미친다고 한다. '걷기'는 왼쪽 오른쪽 발이 균형 있게 움직이는 운동으로 인간의 뇌를 활성화시켜준다고 한다. 막상 이 글을 쓰며 키보드를 두드리다 보니 손으로 쓰는 것보다 양손으로 키보드를 치는 것이 뇌를 더 활성화시켜주는 것 같다는 생각도 든다.

니체가 "모든 생각은 걷는 자의 발끝에서 나온다."고 했다. 글은 엉덩이의 힘보다 앞선 발끝에서 시작된다.

내가 영감을 얻는 장소, 공간, 여행 방법에 대해 소개한다.

산책

한정원의 《시와 산책》처럼 산책을 잘 이야기한 책이 있을까 .
나는 그 전까지는 걷기와 산책의 차이를 이해하지 못했다.
걷기가 운동이라면 산책은 사유다. 건강을 위해서만 걷는다면 걸음 수와 거리만 측량해야 한다. 그러나 산책을 하기 전과 산책을 한 후 사고의 변화를 느낀다면 그것은 산책이다.

내가 좋아하는 산책길은 강아지를 데리고 도서관을 가는 길이다. 강아지를 도서관에 데려갈 수 없기에 주로 밤에 가거나 입구까지 다녀온다.

강아지와 하는 산책은 두 가지 눈으로 하게 된다. 나의 눈과 강아지의 눈.

나에게 산책의 지평을 넓혀준 건 길이 아니라 동행자였다.

도서관

책을 좋아하는 분들 중에 새 책이 좋아 도서관을 이용하지 않는다는 분을 본 적이 있다. 그렇지만 도서관만큼 책뿐만 아니라 다른 자료는 물론이고 강의 프로그램, 컴퓨터 사용을 비롯해 공부까지 할 수 있으니 글을 쓰는 사람에게 정말 좋은 장소이다.

올해는 국립중앙도서관에서 〈이현세 전시〉를 해서 다녀온 적이 있다. 국립중앙도서관 로비에서는 상설 미디어아트 전시도 있으니 서울에 방문하면 꼭 들러보자.

공공도서관만이 아니라 주제가 있는 특화도서관, 지역 주민들과 가깝게 있는 작은도서관 등 우리 주변에 있는 도서관을 찾아가자.

서점 / 중고서점 / 동네서점 / 독립서점

대형서점은 대형서점대로 많은 책을 볼 수 있어 좋지만, 중고서점은 또 저렴하게 책을 구입할 수 있어 좋다. 또 개성 있는 동네서점, 독립서점 등을 만나게 되는데 나는 일부러 찾아 가지는 않아도 여행을 가서 책방이 눈에 띄면 꼭 들어가 본다.

경주 여행을 갔을 때 관광지 한복판에 있던 〈어서어서 서점〉에서 경주에 관한 책을 만나서 작가의 집털이(집들이가 아니라 집을 정리하는 집털이)까지 가본 적이 있다.

또 내가 강의를 했던 영등포의 〈새고서림〉은 시를 쓰고 번역을 하는 최수민 작가가 운영하는 곳으로, 편지 책이나 엽서책 등 다양한 형태의 책을 만날 수 있다. 수원시 행궁동에 있는 〈냥책방〉은 〈냥식당〉 인스타툰을 그리는 싱아작가가 운영하는 곳인데, 예쁜 굿즈와 책들이 눈길을 사로잡는다. 현대미술가인 임은빈 작가가 운영하는 〈책방원룸〉은 미술 강의와 독서모임이 특색인 미술 전문 서점이다.

주변에 단골 동네서점이 있다는 것 또한 작가로서의 즐거움이다.

박물관

역사를 안다는 것은 세상을 이해하는 눈을 키우는 것이며 글쓰는 것에도 도움이 된다. 물론 역사를 책으로도 읽을 수 있고, 인터넷으로 정보를 수집할 수도 있다. 그렇지만 박물관에 가는 이유는 실물로 보았을 때 상상하는 범위가 커지고 또 박물관에서만 얻을 수 있는 정보가 있기 때문이다.

현재 한국에는 2020년 통계 897개의 박물관이 있다고 한다. 가까운 박물관부터 찾아가 보자.

미술관 / 갤러리

많은 작가들이 그림에서 영감을 얻기도 한다. 김연수 작가의 단편소설 〈다만 한 사람을 기억하네〉는 '마크 로스코' 그림이 중요한 모티브가 된다. 《책 읽어주는 남자》의 작가 '베른하르트 슐링크'는 독일의 유명 현대 미술가 게르하르트 리히터를 떠올리는 《계단위의 여자》를 썼지만, 작가의 말에서 '절대로 리히터가 아니다'라고 해서 더 리히터를 떠올리게 만들기도 했다. 한강 작가의 《바람이 분다, 가라》에서는 한은선 화가의 먹그림이 주요 모티브로 쓰이기도 했다.

각종 미술관에서는 유명한 예술가들의 작품을 앞다퉈 전시하고 있지만, 또 작은 갤러리에서는 개성이 넘치는 신진 작가들의 작품을 전시하고 있으니 어디를 가도 영감을 얻을 수 있다. 나도 미술 애호가로서 《사랑보다 나를 더 사랑하라》라는 그림과 연애라는 두 가지 주제를 엮어서 미술에세이집을 출간하고 '미술과 글쓰기' 강의도 하고 있다.

문학관

박물관, 미술관보다 덜 알려진 곳이 문학관이다. 어떤 작가의 문학관이라도 일단 가보면 한적하다는 데 놀란다. 그렇지만 작가들을 이해하기 위해 수준 높은 전시를 하고 있는 곳도 많다.

국내 최대 문학관이라고 하는 황순원의 소나기 문학관을 비롯해, 29살에 세상을 떠난 기형도 문학관, 최근에 대구에 문을

연 정호승 문학관, 일제 시대의 저항 시인 윤동주 문학관 등. 문학관에서는 글쓰기 프로그램도 많이 운영하고 있다. 나도 기형도 문학관에서 아이들 대상으로 시 쓰기 프로그램을 운영한 적이 있다.

영화 / 연극 / 뮤지컬 / 오페라 / 발레 등

작가란 문자로 작업을 하는 사람이다. 문자란 결국 기호인데 이 기호로 된 이야기를 영상화 하는 경우가 많다.

유명한 소설이 영화가 되고, 연극이 되고, 뮤지컬, 오페라 등으로 재탄생된다. 오히려 원작 소설이 있다는 사실이 잊혀지는 경우도 많다. 1800년대 프랑스의 가난한 예술가들 이야기로 만들어진 오페라 〈라보엠〉은 후에 〈렌트〉라는 뮤지컬로 태어났지만, 원작이 소설이라는 것을 아는 사람은 드물다.

이렇게 원작 소설이 시각화되지만, 시각화된 예술을 보며 글쓰기에 영감을 얻을 수 있다.

〈우리 읍내〉라는 연극은 죽고 나서 평범한 하루를 다시 체험하는 내용인데 볼 때마다 영감을 얻는다.

북스테이

여행을 가면 숙소를 고르게 되는데 책과 함께 머물 수 있는 북스테이를 운영하는 곳도 많다. 검색만 해봐도 전국적으로 많은 곳을 찾을 수 있다.

여행지에서 책을 읽을 때는 그 지역에 관한 것, 또 여행의 느낌과 분위기의 책을 고르게 되니 평소와 다른 책을 읽는 즐거움이 있다.

나는 조계사에서 진행한 '북 템플스테이' 프로그램에 참가한 적이 있다. 항상 운영하는 것은 아니고 특별히 마련된 프로그램이었다. 혹시라도 경전을 읽으라고 할까봐 걱정했는데 수녀가 되고 싶었다고 한 한정원 작가의 《시와 산책》을 함께 읽고 저녁에 한 번, 다음날 아침에 한 번 이야기를 나누었다.

누군가와 함께 밤새 책을 읽고 소감을 나누는 경험은 책에 대한 즐거운 경험으로 남아 있다.

여행이 책과의 단절이 아니라 더 많은 책을 만나게 해주는 넓은 책 세상으로 가는 발걸음이라고 생각한다면 어떤 여행이든 설레고 돌아와서 기록을 남기는 읽고 쓰기의 선순환을 만들어 준다.

두 번째 작품을 위한 짧은 조언

우리는 예술가들 작품만이 아니라 삶을 접할 때 예술가라는 시선을 거두지 않고 삶을 바라본다.

예술가들이 살았던 파란만장한 삶은 당연히 예술 작품에 영향을 미치고 심지어 그 덕분에 좋은 작품이 나왔다고 생각한다.

그러나 나는 늘 그런 삶에 대한 의문이 있었다. 예술가이기 전에 한 인간으로서 사회의 비난을 받거나 가족들을 힘들게 한 그 삶을 작품으로 승화시켰다고 면죄부를 주는 게 아닌가 하는 의문.

반대로 평생을 성실하게 살아간 예술가들도 있다. 그러나 그 삶은 회자되지 않는다.

이와 비슷한 생각을 하는 한 작가를 만날 수 있었다.윌리엄 케인은 《위대한 작가는 어떻게 쓰는가》에서 '사람들은 불행한 예술가 삶이 위대한 작품이 되었다고 생각하지만, 그가 인생을 더 잘 살았다면 훌륭한 작품을 더 많이 만들었다'는 취지로 이야기한다. 나는 이 생각에 동의한다.

나는 글보다 삶이 먼저라는 생각을 늘 해왔고, 글쓰기 수업을 할 때도 글보다 삶이 먼저라고 했다. 오늘 당장 굶어 죽을 지경인데 글을 쓰기보다는 음식을 구하러 나가야 한다고.

지식의 저주만큼이나 나는 '가르침의 저주'가 있다고 생각한다. 글쓰기 수업만 해도 그렇다.

수강생들은 '글을 잘 쓰고 싶다'라며 찾아오고, 선생님은 최선을 다해 '글 잘 쓰는 법'을 가르친다. 이 과정이 무엇이 문제냐고 할지 모르지만 나는 그래서 문제라고 생각한다.

드러나는 욕망은 늘 정확하지 않다. 내가 무언가를 바란다고 생각하지만 진짜 속마음에서 바라고 있는 무언가를 알아내는 일은 쉽지 않다.

글쓰기를 배우고 싶다고 생각하지만, 그 이면에는 '돈을 벌고 싶다', '유명해지고 싶다', '내 기록을 남기고 싶다' 등등 여러 가지가 숨겨져 있다.

그래서 나는 꼭 처음에 '왜 글을 쓰는지?' 묻는다. 그리고 글쓰기를 가르치면서도 글 실력보다 삶이 달라지고 있는지 관찰한다.

삶이 달라지지 않으면 글이 달라지지 않는다. 글쓰기는 정확하게 삶을 반영하기 때문이다.

글쓰기를 시작했지만 그만두는 사람도 많다. 그러나 나는 그만두는 사람을 부정적으로 보지 않는다.

누군가는 글을 평생 써야 하지만, 어떤 사람들은 스쳐 가는 취미일 수도 있다. 그리고 그 취미가 삶의 어느 한순간 도움이 된다면 글쓰기는 그것으로 충분하다.

그래서 나는 글쓰기를 오래 가르치며 지켜본다. 그러다 보면 짧게는 3개월 정도지만 길게는 1~2년을 지켜보면 삶의 궤적들이 바뀌는 상황들을 본다.

나는 끊임없이 나 스스로, 또 같이 글을 쓰는 분들에게도 질문을 던진다.

"글쓰기, 삶에 도움이 되고 있는지…."

글이 삶을 넘을 수 없다. 그리고 넘어서도 안 된다. 글쓰기를 위해 인생을 바꾸는 것이 아니라 인생이 바뀌어 글이 새롭게 태어나야 한다.

마음속 초고를 꺼내드립니다

초판 1쇄 | 2024년 12월 13일
지은이 | 임리나

펴낸곳 | 싱글북스
발행인 | 문선영
주소 | 서울특별시 중구 을지로 14길 20, 5층 출판그룹 한국전자도서출판
홈페이지 | www.koreaebooks.com / www.singlebooks.co.kr
이메일 | contact@koreaebooks.com
전화 | 1600-2591
팩스 | 0507-517-0001
원고투고 | edit@koreaebooks.com
출판등록 | 제2017-000078호

ISBN 979-11-990471-0-5 (03810)

싱글북스는 출판그룹 한국전자도서출판의 출판브랜드입니다.